成名的兒子化身為小蟋蟀，幫助父親渡過難關。

王七吃苦耐勞，只求勞山道士能教他幾招法術。

薛崑生和十娘結婚，成為青蛙神的女婿。

馬子才南下買菊，歸途巧遇陶三郎與黃英姊弟。

一百天後，青鳥在墓邊枝頭啼叫，就是連瑣復活時。

武承休為求有個患難之交，專程拜訪田七郎。

柳書生匆匆趕到湖邊，織成和婢女果然在船裏等他。

蛇人讓二青和小青結伴離去，並勸告牠們不要傷害行人。

馮書生自從得到鱉寶，眼睛就能透視，可以輕易找到寶物。

龍宮裡有株美麗的玉樹，馬駿和公主常在玉樹下唱歌吟詩。

郎玉柱只會讀死書，顏如玉強迫他學下棋、彈樂器和喝酒。

無賴漢趁老道士在河裏洗澡時要脅他教變戲法，討來一場驚嚇。

曾孝廉得意洋洋做了二十年宰相，原來只是一場夢。

二商帶著兒子來救大商，強盜害怕，立刻逃走。

小倩以美色和黃金誘惑寧采臣，都沒有成功，反而受到斥責。

危急之際，兩隻老虎出現，撲殺了狼群，救下殷元禮。

魚客夜裡獨坐船中，竹青化為美女和他相見。

甘玉奮不顧身，從妖怪手裏救下秦姑娘。

白衣年輕人發出信號，召來兩隻白鴿表演各種絕技。

木匠拉著耿十八跳下望鄉台，避開鬼卒，逃離陰間。

中國古典名著少年版

③

蒲松齡原著

聊齋志異

陳煌改寫・曹俊彥插畫

導讀

人人都說神仙好，神仙世界真的完美、快樂嗎？至於狐鬼妖魅、地獄魔府，是否也像傳說中的邪惡、恐怖？人們對未知世界的好奇、嚮往和畏懼，使得談神論鬼成為休閒生活的項目之一，神仙鬼怪也就成為文學的一大題材。《聊齋志異》就是我國古典短篇小說中融合志怪和傳奇的傑作。它那簡潔典麗的文辭，豐富奇妙的想像，精彩獨特的情節，兩百多年來深深打動了古今中外各年齡、各階層人士的心。

《聊齋》的作者蒲松齡，字留仙，號柳泉，山東淄川人，生活於明末清初（西元一六四〇——一七一五），那是個科舉至上的時代，他幾次赴考都落榜，三十三歲以後就在家鄉私塾教書，同時寫作。他的生活貧困，對社會的關懷卻未減損，因此將社會的黑暗、官場的罪惡、科舉的虛偽、民生的疾苦，配合人和神鬼狐妖的種種離奇故事，表達他對現實人生的企求、憤恨、失望、唾棄……，寫成一篇篇淒美、浪漫、悲涼、恐怖的小說，並不斷修改、補充，直到晚年才停筆。因為他的書房叫做「聊齋」，這部小說就稱為《聊齋志異》。他死後，子孫不願出賣原稿，但准人借抄，才輾轉流傳；到乾隆中期，趙荷村把《聊齋》刻印行世，從此傳播漸廣，並有多種外文翻譯，外國讀者認為它比《天方夜譚》還精彩迷人。

《聊齋》故事雖然多彩離奇，令人拍案叫絕，但它是用文言文寫的，典故很多；篇幅又大，有四百多則，約四十萬字；為了引導少年朋友進入《聊齋》奇妙的想像世界，我們選了其中二十一個故事，用淺近易懂的白話文改寫出來，其中較難的名詞或典故，附上注解，希望能幫助少年朋友了解這些故事。

目次

聊齋志異

蟋蟀小勇士

（改寫自卷四「促織」）

五百六十年前的明朝宣宗宣德年間，皇宮裡鬥蟋蟀的風氣很盛，皇帝每年都下命令叫老百姓獻上各地的蟋蟀到皇宮來。

當時中國西北一帶很少有蟋蟀，但是陝西華陰縣的知縣為了要向上司獻殷勤，就獻上了一隻蟋蟀。上司得到這隻蟋蟀，一鬥之下，覺得這隻蟋蟀很勇猛，就下令這位知縣要常常找些好蟋蟀呈上去。

知縣大人祇好要求鄉長想法子找蟋蟀來交差。在這種情形下，華陰縣許多遊手好閒的人，一捉到好蟋蟀便

明宣宗：姓朱名瞻基，是明朝第五代皇帝，在位十年（西元一四二六—一四三五），年號「宣德」。

蟋蟀：昆蟲名，屬於節肢動物。身體成圓柱形，長約一‧五公分，黑褐色，頭部有一對橢圓形複眼和三隻單眼。雄蟲左右翅摩擦可發出聲音。棲

立刻用籠子養起來，標明好價錢當寶貝賣。而一些心存狡詐的差役，也就以催討蟋蟀為名，到處向老百姓敲詐，往往為了一隻勇猛的蟋蟀，逼得許多人傾家蕩產。

當時的華陰縣有位窮書生，叫做成名。這窮書生做人很老實忠厚，但一直連個秀才也沒考上。狡猾的差役看成名好欺侮，就報他當鄉長。成名實在很不願意當鄉長，但又推脫不了這苦差使，因此不到一年，自己的一點點家產就賠得光光了。

這天，知縣大人又派人來催繳蟋蟀。成名不願拿捉蟋蟀的事逼迫鄉民，自己又沒錢應付那些差役，急得他像熱鍋上的螞蟻一樣。

成名的太太說：「你急又有什麼用？倒不如你自己去捉蟋蟀算了，說不定能捉到一隻，總比你待在家裡空

息在陰濕的石礫下或土堆中，後腳強大，善於跳躍。

華陰縣：在陝西省境內。這是一個很古老的縣，早在漢朝就已設立，因為位在華山北邊而得名。

知縣：官名。管理縣務的長官，民國以後改稱縣長。

秀才：原本是漢代選拔人才的科目名稱，明清兩代專指考試及格後，可以進入縣學讀書的學生。

焦急來得好些啊！」

成名覺得太太的主意還不錯，於是，他每天好早就出門，提著竹筒和絲籠去捉蟋蟀，一直到很晚才回家。但是，他在所有倒坍的牆腳下、荒郊的草叢裡都找不到一隻蟋蟀，甚至挖開石頭和掘地洞，到處找遍了，還是毫無所獲。就算是偶爾幸運地找到兩三隻，也看起來又瘦又小，根本不夠資格拿到知縣大人那兒去交差。

知縣大人卻一直緊緊地催逼著他，十多天就打成名一百板子，打得他兩腿、屁股都腫得紅紅的，連捉蟋蟀的力氣也沒了。

成名一回到家，身上痛，心裡又焦急，躺在床上翻來覆去，一點辦法也沒有。他唉聲嘆氣，心想：現在除自殺之外，還有什麼法子呢？

就在這時候，村子裡來了一個駝背的老太婆，聽說她能說出別人未來的命運。於是，成名的太太準備好一份禮物，去求這位老太婆指點。

來求老太婆指點的人真多，老老少少擠得整個屋子滿滿的。老太婆家裡有一個小房間，房間門口掛著簾子，簾子外面擺著香案。求問的人們在香爐裡點上香，老太婆便在一旁向天祈禱，嘴裡還咿咿嗚嗚地不知說些什麼，大家都很安靜地恭候一旁，看著老太婆作法。一會兒簾子裡就丟出一張紙來，紙上寫著求問的人想問的事情，一點兒也不會說錯。

成名的太太把禮物放在香案上，也學著別人的模樣燒香禮拜。不到一頓飯的時間，簾子掀動一下，一張紙飛了出來！

香案：擺著香爐，供人燒香祭拜的桌子。

這到底是怎麼回事？成名的太太拿起紙一看，上面不是字，而是一幅畫。這張畫上畫有一座廟宇似的殿閣，在殿閣後面的小山上又有一些奇形怪狀的石頭，長著一叢針刺般的荊棘，就在這叢荊棘裡伏著一隻青色的蟋蟀，在青色蟋蟀的旁邊，另外有一隻癩蛤蟆，好像要跳起來吃這隻蟋蟀似的。

荊棘：植物名，叢生的灌木，無刺的叫「荊」，有刺的叫「棘」。

成名的太太看了半天，也不懂這幅畫的意思。但是，她看到畫上有一隻蟋蟀，正好和她所求問的事情很吻合，就把這幅畫帶回家。

當成名一而再，再而三地看這幅畫後，忽然像發現什麼事一樣，心想：這幅畫難道是在指點我到畫中的那個地方去捉蟋蟀不成？

成名又仔細地察看這幅畫，發現畫中的廟宇殿閣，和村子東邊的大佛閣很相似。這一發現，使成名內心的希望又升起來，於是忍痛撐起身子，支著枴杖，拿著畫往大佛閣走去。

大佛閣後面有一座很高的古墓。成名果然在古墓邊看見地上有許多奇奇怪怪的石頭，哇，這簡直和畫上畫的一樣嘛！他一高興，立刻鑽入一叢荊棘中，一邊悄悄地走，一邊又側著耳朵細聽，畫中的那隻青色蟋蟀到底躲在哪裡呢？

也許是成名太緊張、太專心，不久眼睛也看花了，耳朵也聽得嗡嗡嗡地響起來，緊張得連神經也麻痺了，但是哪有蟋蟀的聲音和踪跡呢？他找著，找著，找著……

突然，嘓——一聲！

一隻癩蛤蟆大叫一聲跳了出來，成名嚇一跳，這不是畫中的那隻癩蛤蟆嗎？成名急忙追過去。

這隻癩蛤蟆一跳一跳，又跳進草堆裡，成名對準牠跳進去的草堆一撥開，果然有一隻青色蟋蟀趴伏在草根邊！

成名心想，這下子可捉到你了！可是他用手猛然一撲，居然沒有撲著，青色蟋蟀一彈，便跳入一個石洞中。他用細草去戳，牠不出來；他又拿一桶水去灌，牠才突地跳出洞來。哇，這真是一隻很健壯的蟋蟀哩！成名又追了老半天，終於捉到牠。

這隻蟋蟀身體很壯，長著一條長長的尾巴，有青色的脖子，翅膀閃閃發出金光。成名一看喜愛極了，就將牠裝入籠子裡帶回家。成名家裡的人一看有收穫，都謝天謝地，比得到無價之寶還高興，不但餵牠蟹肉、栗子肉，更把牠當寶貝一樣的愛惜，準備等時間一到，好帶去向知縣大人交差。

成名有個九歲的兒子，很貪玩，這一天竟然趁父親不在時，偷偷打開籠子。不料這隻青色蟋蟀一跳，就從籠子裡跳了出來！牠跳得真快，成名的兒子半天捉不到，等捉到手時，這青色蟋蟀的腳已被折斷，肚子也給壓碎，牠掙扎幾下便死了。成名的兒子一看，立刻哭著去告訴他母親這件事。

他母親一聽蟋蟀死掉了，嚇得臉色發白，大聲地罵兒子說：「你真該死！你父親回來後，看你怎麼交代！」

兒子又怕又急，便大哭著跑出家門。

不久，成名回到家，從太太嘴裡聽到這個壞消息，全身像被冷水潑到似的，氣得渾身發抖。他咬牙切齒地到處想找兒子問話，可是兒子不知跑到哪兒去了。接著，成名竟在家門外的一口水井裡發現一具小屍首，赫然是他的兒子！夫妻倆看到這情景，原本的憤怒都變成悲痛，放聲大哭起來。

先是蟋蟀死了，現在是兒子死了，成名和太太呆呆地坐在屋子裡，像一對木頭人似的。

天快黑了，成名想把兒子包裹起來抱出去埋葬，可是一摸，兒子似乎還有點氣！成名連忙把兒子抱上床，到了半夜，兒子居然清醒過來，夫妻倆這時才鬆一口氣。

不過，清醒過來的兒子神情癡癡呆呆的，翻著白眼，好像要睡著的模樣。成名看看空蕩蕩的蟋蟀籠子，祇是連連唉聲嘆氣，想起知縣大人又快來催逼蟋蟀了，心裡更加煩惱。這一晚，成名都沒合上眼皮。

第二天一早，陽光已照在窗上，成名還一直躺在床上憂愁。

忽然間，門外傳來一陣蟋蟀的叫聲！

成名覺得很奇怪，連忙起床追著聲音去找，那隻青色蟋蟀沒死！這時成名真是興奮極了，立刻跑過去捉牠。但青色蟋蟀叫了一聲，轉身就跳開，成名雖然趕忙用兩隻手掌把牠撲到，但是手掌裡感覺空空的，好像沒捉到一般。可是，手掌一打開，牠又猛一跳，又跳走了！成名急急忙忙順著牠逃跑的牆角找，牠卻突然失去蹤影。

情急之下，成名東探西望地找了半天，果然又找到牠。但他仔細一看，這隻蟋蟀並不是原先的那隻青色蟋蟀，這是一隻又短又小，顏色黑裡帶紅的蟋蟀！

成名嫌牠長得太小，搖一搖頭，想繼續找失去的那隻青色蟋蟀，這隻小蟋蟀忽然一跳，跳到他的衣袖上，成名一看，牠的樣子像隻小土狗，有梅花斑的翅膀，方方的頭部，腿卻是很長。他心想，這小蟋蟀長得還算不錯啊。所以，成名也就勉強把牠捉回家。

不過，想把這隻小蟋蟀繳上去，又擔心知縣大人不滿意；因此，成名就想出一個法子，讓這隻小蟋蟀先和別人的鬥一鬥，再做決定。

村子裡有一個遊手好閒的年輕人，養了一隻蟋蟀，叫「蟹殼青」。這隻蟹殼青每次和別人養的蟋蟀相鬥時，都打了勝仗，所以這年輕人就想把牠賣出大價錢，可惜找不到買主。他聽說成名捉到一隻蟋蟀，就找上門來，但一看成名的小蟋蟀，馬上忍不住大笑。年輕人把自己的蟹殼青放入籠子裡，成名一看，這隻蟹殼青果然長得又大又壯，而自己捉到的這隻，卻是又小又短，根本沒法子和對方的大蟋蟀比嘛！成名覺得很洩氣，更不敢鬥蟋蟀。

但年輕人一再的逼成名放出小蟋蟀來鬥鬥看。成名被逼急了，祇好心一橫：反正養著這麼一隻小蟋蟀也沒什麼用，不如鬥一下來開開心。

於是，成名和年輕人一起把自己的蟋蟀放入鬥盆中。小蟋蟀一放入鬥盆中，卻呆呆地蹲著，一動也不動。年輕人一看，禁不住笑起來，他用豬鬃毛去撥弄小蟋蟀的觸鬚，想引起牠的鬥志，但小蟋蟀仍舊呆在那裡。年輕人不斷地笑不斷地撥著，終於撥得小蟋蟀怒氣沖天，向蟹殼青衝過去！

很快的，兩隻蟋蟀打得天翻地覆，看得成名和年輕人都傻了。

豬鬃：豬的頸毛，可以做刷子。

成名心想：想不到這隻小蟋蟀還真厲害呢！

不久，小蟋蟀忽然跳躍起來，張開尾巴，伸出鬚毛，一口就狠狠咬住蟹殼青的頸部！

年輕人嚇慌了，急忙把牠們分開停戰。這時小蟋蟀翹起雙翅，得意揚揚地鳴叫起來，好像向成名表示牠打勝了一樣。

成名看得非常高興。不料，灰影一閃，突然跑來一隻公雞，向小蟋蟀身上飛快啄下！

這個突發情況，嚇得成名驚叫一聲，幸好公雞這一啄沒有啄到，小蟋蟀雙翅一展，飛跳起一尺多遠，但公雞大步地逼過去，轉眼間，小蟋蟀又落在公雞的爪下了！成名想跑過去解救已來不及，他臉色大變，又氣又驚，但一時又不知如何是好。

忽然，公雞扭動著頭，又撲又擺地掙扎起來。成名靠近一瞧，原來小蟋蟀已咬住公雞頭頂上的肉冠不放。這一下，使成名又是驚訝又是高興得跳腳，趕緊把小蟋蟀捉進自己的籠子裡去。

第二天早晨，成名把這隻勇敢的小蟋蟀呈給知縣大人。知縣大人一看這祇是一隻小小的蟋蟀而已，就發起脾氣，怪罪成名隨便找一隻小蟋蟀來充數。

成名不得已，祇好把和蟹殼青大蟋蟀、公雞相鬥的奇蹟對知縣大人說一遍。知縣大人一點也不相信，就試著找來一些蟋蟀和這隻小蟋蟀鬥，結果全被小蟋蟀打敗了。接著，又捉來一隻公雞試試，也和成名所說的一樣。知縣大人很高興，立刻將牠獻給陝西巡撫大人；巡撫大人也很滿意，馬上打造了一個金籠子，將牠進貢給皇帝，

巡撫：官名，明代設置。清代的巡撫掌管一省的軍事、行政、司法，是各省的最高長官。

並且上奏皇帝，詳細說明這隻小蟋蟀的本領。

小蟋蟀到了皇宮後，宮裡所有各種有名的蟋蟀，都鬥不過牠。

況且，這隻小蟋蟀一聽到音樂，便會按照節拍叫起來。皇帝更覺得驚奇，也格外喜愛牠，於是賜給陝西巡撫大人許多好馬和布緞。巡撫大人覺得這是知縣大人的功勞，便對皇帝說這位知縣大人很能幹。知縣大人一高興，也就免去了成名不想做的鄉長差使。

一年多以後，成名的兒子突然恢復正常，還說，他在半醒半睡當中，覺得自己變成一隻很小很勇敢的蟋蟀……

勞山道士

（改寫自卷一「勞山道士」）

從前山東省淄川縣有個姓王的人，他排行第七，所以別人都稱呼他「王七」，他家還算富裕。

王七從小就喜歡學法術。有一天，他聽說勞山的山上有許多仙人，於是他告別了太太和家人，獨自到勞山去學法術。

走了不知幾天幾夜之後，他終於來到勞山山頂，看見一座很宏偉的道觀。王七先在外頭望了望，覺得這裡環境真幽靜啊，於是他又鼓起勇氣去敲門。

道觀裡坐著一位老道士，滿頭的白髮一直拖到頸部，

淄川縣：在山東省，煤產豐富，是我國重要的煤礦區。

勞山：山名，也寫作「牢山」或「嶗山」，在山東省膠州灣東岸，即墨縣東南海濱，名勝很多，風景優美。

道觀：道士修道時的住所，或道教供奉神像的廟宇。

嬌生慣養：形容人從小在過分愛憐的環境中成長。

可是看起來紅光滿面，精神很旺的樣子。王七輕輕地走過去，很恭敬地向老道士請教法術。不過，老道士講的話卻十分玄妙，王七聽得迷迷糊糊，根本無法理解，王七認為這老道士一定有很多的法術，所以王七就想拜老道士為師父。

老道士看了他一眼，慢慢地說：「看你的樣子，家境一定很不錯，平常一定嬌生慣養，但是學法術是很苦的事，你吃得了苦嗎？」

王七很有自信地回答：「我行！」

老道士有許多徒弟，黃昏的時候，徒弟們都從外面回來了，王七和他們一個個拜見過之後，便留在道觀裡。

隔天一大早，天色還沒完全亮呢，老道士便把王七從睡夢中叫起來，並且交給他一把斧頭，要王七和所有的徒弟們去砍柴。王七勤快地照辦。

日子一天一天的溜走，老道士仍然叫王七去砍柴，而沒有教他一點點法術。過了一個多月，王七因每天從早到晚都砍柴的關係，手腳都起了繭，他實在吃不下這種苦，於是心裡頭暗暗打算：乾脆回家去好了。

這一天晚上，王七扛著斧頭回到道觀時，看見兩個陌生人和老道士在喝酒——一個是年輕人，另一個是留有鬍子的粗人。當時天慢慢黑了，卻還沒有點上蠟燭，老道士就用紙剪成一面鏡子的模樣，貼在牆壁上。忽然間，這面紙鏡竟變成一個圓圓的月亮，發出柔和清亮的光芒，照得地上一針一草都清清楚楚的。

此時，所有的徒弟們都聽著吩咐，來侍候老道士。年輕人看了看牆上的月亮，很有感觸地說：「這麼美好

起繭：手腳的皮膚因為受傷或過分工作而結疤、長出硬皮。

的夜晚，應該大家都一起來享樂。」

說完，年輕人就拿起桌上的小酒壺，倒酒給所有的人喝，還說：「你們盡量喝吧，喝醉為止！」

王七心想：這裡這麼多人，至少也有十七八個啊，這一小壺酒怎麼夠喝呢？

徒弟們一聽，都紛紛找碗的找碗，找杯子的找杯子，搶著先喝，祇怕動作太慢，會喝不到呢！但是，奇怪的事情發生了：這小酒壺倒了又倒，好像裡面的酒永遠倒不完似的。王七也喝了一碗，他內心更是奇怪得不得了。

一會兒，那個留鬍子的粗人說話了：「嗯，現在雖然找了月亮來照明，又有酒可以喝不完，但是又有什麼樂趣呢？這樣好了，我請嫦娥出來助助興吧。」

說完，他把筷子向牆上月亮中丟去，一眨眼，祇見

嫦娥：傳說中住在月宮的仙女。

一個美女從月光裡款款走出來。她剛走出來時還不到一尺，但一下子就變得跟普通人一樣高。然後，她用細細的腰和秀麗的長頭髮，飄飄然跳起月宮的舞蹈來。

她跳完之後，又唱起嘹亮的歌，唱得就像吹簫的美妙聲音一樣好聽。唱完後，又輕巧地旋轉著飛起來，飛到桌子上面。徒弟們看得一個個目瞪口呆，一句話也說不出來。可是，眼前一花，美女又變成了筷子！

老道士和兩個客人直樂得哈哈大笑。

不久，年輕人說：「今晚實在有趣，可惜啊酒已經喝得差不多，我們轉到月宮裡去喝兩杯吧？」

說著說著，他們三個人帶著酒菜，漸漸走進那個牆上的月亮中去。

徒弟們見他們三人坐在月中繼續喝酒，眉毛和鬍子都看得清清楚楚，好像鏡子裡的人影一樣。

又過一會兒，這月亮慢慢黯淡下去。徒弟們點上燭火來瞧，祇見老道士一個人坐在那裡，那兩個陌生人都不見了，但桌子上吃剩的菜還在，牆上的月亮已變成原來的那張鏡子形狀的紙。

老道士笑笑問大家：「酒喝夠了沒有？」

徒弟們都說：「夠了。」

於是，老道士吩咐說：「喝夠了早點去睡覺吧，免得明早耽誤了砍柴的工作。」

而這時王七的心裡實在很羨慕老道士的法術，回家的念頭也因此打消。

然而，再過一個月，王七又漸漸吃不下苦了，老道士還是沒教他任何法術。

他實在不能耐心等下去，於是向老道士說：「師父，做徒弟的走幾百里路趕來這兒求您教法術，雖然你不能教我什麼長生不老的法術，但也該傳我一點小法術，這樣我才不會太失望。我在這裡兩三個月，從早到晚您祇是要我去砍柴，做徒弟的實在待不下去了。」

老道士笑笑說：「我早就知道你是吃不了苦的，今天你果然不行了，也好，明天一早你就回家去吧。」

王七要求著說：「做徒弟的在這裡做這麼久的苦工，師父也該傳我一點小本事，才不枉費我來這一趟啊。」

「你要學點什麼呢？」老道士接著問他。

王七答說：「我常常看見師父能夠穿過牆壁走路，您就教我這種穿牆術吧。」

老道士笑笑，答應了。於是老道士將咒語傳給他，咒語：巫師施法術時所唸或唱的詞句，是一種巫術的口訣。

並且說，在唸完咒語後要喊：「進去！」王七望望牆壁，一時也不敢嘗試。

老道士對他說：「你試試看吧。」

王七此時祇好勉強一試。但是，他一走向牆，立刻又給牆壁擋了回來。

老道士又說：「低下頭走！要快，要猛，不要停！」

王七當真照著老道士的話做，而且在離開牆壁還有幾步前就衝了過去，接著，王七感覺當他碰到牆壁時竟像沒碰到什麼東西一樣，等到他回頭一看，自己已在牆壁的另一邊。這時，王七可高興得差點跳起來。

老道士最後說：「你回家以後要好好修心，不能做壞事，或祇知享樂而不知勞苦，要不然啊，法術就不靈囉！」

於是，王七拜別了老道士。

回到家之後，王七得意地吹噓說，他這一次離家去拜師，遇到仙人，還得到仙人的指點，學到了法術，可以穿過牆壁。

王七的太太一點都不相信他的話，王七就決定試給她看，同時又叫家人全部出來看他表演。

此時，王七當著眾人的面，學著老道士教給他的方法，離開牆壁還有幾尺遠時，就向牆壁撞去，沒想到這一猛撞，人沒有穿過去，自己的頭反而被又硬又厚的牆壁給彈回來，碰地一聲跌倒在地！他慘叫一聲，已頭破血流了。

王七的太太趕快把他扶起來，圍觀的人都笑得前仰後翻。祇見王七又羞又氣，一臉發白。

青蛙神

（改寫自卷十一「青蛙神」）

在中國大陸的長江、漢水一帶，當地人最崇拜青蛙神。有座青蛙神廟，廟裡遍地是青蛙，大大小小無法計算，最大的有像一個籠子那樣大的。

如果有人觸犯了青蛙神，那麼那一家必定有奇怪的事情發生，比如青蛙會跳到桌子上、牀上去玩耍嬉戲，甚至攀爬在光滑滑的牆上，也不會跌下來。一旦遇到這種怪異的事，表示這一家就要遭殃。這家人祇好殺牛殺羊來祭拜青蛙神，等青蛙神高興後，災難才會消除。

就在湖北地方，有個人叫薛崑生，從小長得很聰明

漢水：長江最長的支流，全長一、七〇五公里。源頭在陝西省，流經陝西南部、湖北省北部、中部，而在漢口市和漢陽市之間匯入長江。

清秀。當他六七歲時，有一個穿著青色衣服的老婆婆來到他家。老婆婆自稱來傳達青蛙神的命令，說青蛙神願意把女兒嫁給薛崑生。

薛崑生的父親是個很老實誠樸的人，他一聽老婆婆這麼說，覺得很不可思議，同時認為這根本是胡說八道，心裡雖不願意，又怕得罪青蛙神，於是推說崑生這孩子還小，怎麼能娶青蛙神的女兒呢？薛崑生的父親就這樣子把老婆婆打發走了。可是，從此以後薛崑生的父親也不敢隨便幫他和別家談婚事。

過幾年，薛崑生也長大了，他父親才敢向一家姓姜的人家談到婚事。不過，青蛙神卻在夢中警告姜家說：「薛崑生是我的女婿，誰都不能搶走他，你們姜家也是一樣！如果你們不聽我的話，那麼災禍很快就會降臨到姜家！」

姜家聽了之後，覺得很害怕，便把原先收到的聘禮又退還給薛家。

薛崑生的父親得知這情形，覺得很困擾又憂愁，便立刻親自帶了許多祭品到青蛙神廟去，同時禱告說，他不敢高攀而和神訂親。

當薛崑生的父親剛剛才禱告完，一抬頭，就看見祭台上的酒杯和菜肴裡都浮起大蛆蟲！他大吃一驚，連忙把酒和菜肴倒掉，再向青蛙神謝罪。

他回家後，心裡越想越害怕，卻一點辦法也沒有。

有一天，薛崑生走在路上時碰到一個人，說是青蛙神派來迎接他的。薛崑生想推辭，但對方苦苦相邀，在百般無奈下，他祇好跟著走了。

沒多久，他們來到一座有紅漆的宅子前，走進去後，裡面有亭台、樓閣，顯得十分富麗堂皇。在廳堂中央，坐著一位七八十歲的老人，薛崑生一看立刻走過去，跪下拜見老人。

老人命令人把薛崑生扶起來，請他坐在桌旁的椅子上。此時，丫鬟們都走進來看他，老人就對她們說：「去通知裡邊，說薛先生來了。」

一聽這命令，丫鬟們都趕忙跑進去。不到一會兒工夫，一個老婆婆率領著一個十六七歲的美麗少女出來。

老人說：「這是我的女兒，叫十娘，可以說和你薛先生正好是天生的一對，郎才女貌，但是你的父親卻以為我的女兒不是人類而拒絕這件婚事。唉，老實說，結婚是終身大事，你父親也祇能做一半的主而已，最主要

丫鬟：婢女。從前婢女都把頭髮在頭頂上結成兩個小環，很像「丫」字，所以通稱「丫鬟」。

的還是你要做決定。」

薛崑生發現十娘長得很美，心裡不自覺就喜歡她，祇是嘴上不便說出。老婆婆說：「我早就知道薛先生會答應這件事的，那麼就請你先回去，我們隨後便把十娘送到府上去。」

這一次，薛崑生立刻答說：「好的。」

於是，他匆匆趕回家去告訴父親這件事。他的父親一時也拿不定主意，最後乾脆要兒子把婚事辭掉。可是，薛崑生不肯。當父子兩人正在爭執時，十娘的轎子已經來到大門前，丫鬟們擁著十娘走進薛家的廳堂，跪在地上，拜見公公婆婆。薛崑生的父母一見到兒子要娶的是如此美麗的姑娘，心裡也不自覺的歡喜她。

當天夜裡，薛崑生和十娘成親，兩人十分恩愛。

從此以後，青蛙神常常來拜訪薛家，如果青蛙神來的時候是穿紅衣，薛家便有喜事；如果穿的是白衣，薛家就有財運。所以，薛家漸漸富有興旺起來。

薛家自從與青蛙神結了親後，家裡就到處都是跳來跳去的青蛙，但是沒人敢對這些青蛙有何不敬。祇有薛崑生因憑著自己的聰明才智而十分任性，高興時不會對青蛙怎樣，但一發起脾氣，就隨意把青蛙踩死，一點也不疼惜。

十娘的性情雖然謙虛溫和，但也很不滿意薛崑生對青蛙的舉動，而薛崑生並不因為十娘的不滿而改掉自己的毛病，所以十娘免不了對他嘮嘮叨叨，於是他便氣沖沖地答說：「別以為妳父母是青蛙神，我就怕了！」

十娘一聽，又氣又恨地說：「自從我嫁給你，給你

嘮叨：形容人話很多，講個不停。

家帶來豐衣足食，現在你反而對我們青蛙如此糟蹋！」

薛崑生也生氣了：「這有什麼稀奇，哼，那我們分開算了！」

說完，就逼十娘離開。等薛崑生的父母知道這件事，十娘已離家走遠了。薛崑生的父母馬上責備他，並要薛崑生快把十娘追回來，薛崑生偏偏不願意。

這天夜裡，薛崑生和他的母親突然病倒。他的父親很害怕，趕緊跑到青蛙神廟去謝罪。三天後，薛崑生和他母親的病才好起來，十娘也自動回來了，夫妻兩人又和好如初。

十娘每天把自己打扮好就坐在房裡，而所有薛崑生的衣服鞋襪等依然要她婆婆來做。有一天，她婆婆忍不住抱怨說：「別人是媳婦服侍婆婆，我家是婆婆服侍媳婦！」

十娘聽到後，生氣地走到婆婆面前說：「我早晨服侍婆婆吃飯，晚上服侍婆婆安眠，這還不夠嗎？」

薛崑生的母親一聽，氣得獨自在房間裡哭。這時，薛崑生恰巧回來，知道婆媳兩人爭吵的事後，就責罵十娘：「娶了媳婦卻不服侍婆婆，不如沒有！就算惹怒了青蛙神，也不過賠上一條命而已！」

薛崑生又一次把十娘趕走。

十娘走後的第二天，薛家突然失火，把所有的房子都燒光。薛崑生很生氣地跑到青蛙神廟去，對青蛙神責備說：「你家的女兒不能侍奉婆婆，這是沒受過家教，你為什麼還要護著她？神是最公正的，你卻燒了我的家。即使我得罪你，一切後果，只該由我承擔，要殺要剮由你！不該連累我的父母親。既然你這麼不講理，哼，我也要燒掉你的廟！」

說完後就找來柴火，打算把青蛙神廟燒了，村裡的人連忙阻止他。

就在這天夜裡，青蛙神托夢給村裡的人，要他們幫忙把薛家的房子重新蓋起來。果然隔天一早，全村的人都來幫著蓋房子，不到幾天的工夫，薛家的新房子就完成了。

新房子剛蓋好，十娘也回來了。她拜見公婆，並承認自己的過錯，然後轉身對薛崑生做個甜蜜的微笑，一家人都覺得和樂融融。

從此，十娘的性情更加溫和柔順，一家人和好地過了兩年。

可是，薛崑生從來不知道十娘最怕蛇。有一天，他開玩笑地包了一條小蛇來逗她，十娘把包包打開一看，嚇得臉色發白，忍不住罵薛崑生，薛崑生也收起笑容，瞪大眼睛回罵過去。十娘生氣地說：「這次你不用趕我走，我以後再也不見你了！」

說完，十娘就離家走了。

奇怪的是，十娘一走，薛家這回家裡竟沒發生什麼怪事。可是，卻也不見十娘再回來。

過了一年多，薛崑生很想念十娘，心裡也十分後悔，便偷偷跑到青蛙神廟去哀求十娘回來，但是沒有什麼動靜。不久，薛崑生就聽說，青蛙神把十娘又許配給一戶姓袁的人家。他很失望，也向其他的人家去求婚，但相過幾次親，都沒找到比十娘更好的，因此他思念十娘的心就更加急切。

於是，薛崑生又慚愧、又後悔，飯也吃不下，便病倒了。就在他病得昏沈沈睡著的時候，忽然覺得身邊有人說：「你是大丈夫，就常常要趕我走，現在怎麼又變成這樣子？」

薛崑生一張眼睛，是十娘！

他驚喜地從床上跳起來，拉住十娘的手，高興地說：「你回來啦！」

十娘沒好氣地說：「你既然這樣對待我，我祇好聽父親的話改嫁了，可是我千思萬想，心裡總捨不得離開你。今天就是我嫁給袁家的日子，父親又沒有意思取消和袁家的婚事，我就不顧一切回來了。你知道嗎？我要回來時，我父親還追到門口，對我說：『你這傻孩子，不聽我的話，以後你再受到薛家的欺負，就別再回來！』」

薛崑生聽完後，感動地哭了。而薛崑生的父母親一聽十娘回來了，都迫不及待的趕到兒子的房裡，握著十娘的手互相哭起來。

從此，薛崑生變得不再任性，也不再亂開玩笑，夫妻兩人的感情就更好、更甜蜜。

有一天，十娘對薛崑生說：「過去，我想我們一定不能白頭偕老，所以不敢有小孩，現在不同，我們可以生小孩了。」

幾個月後，青蛙神來到薛家，身上穿著紅衣服。第二天，十娘就生下雙胞胎，而薛家和青蛙神也因此繼續來往不絕。

以後，村子裡的人如果冒犯了青蛙神，都先來求薛

白頭偕老：夫妻共同生活到年紀老了、頭髮白了，形容婚姻關係持久。

崑生向青蛙神講情。薛崑生便叫他們家裡的女孩子們穿好看的衣服，到家裡來拜見十娘，如果十娘笑了，那麼什麼災禍也沒有啦。

花姑子

（改寫自卷五「花姑子」）

從前，在陝西地方有一位叫安幼輿的書生，他是個很有正義感的人，即使對野生動物也能發揮他的愛心。

有一天，安幼輿到外婆家參加喪禮，忙到黃昏才回家，當他經過華山的時候，竟然在山谷裡迷路了。

夜色愈來愈濃，他感到十分焦急。突然，他看見遠遠的地方好像有燈光，於是很高興地朝前走去。他才向前走沒幾步，忽然發現一位駝背老人悄悄跟在背後。這老人是什麼時候出現的？安幼輿很詫異，不禁停下腳步。駝背老人拄著手杖快步擦過安幼輿身旁，繼續向前走去。

華山：山名，又叫「太華山」，在現代陝西省華陰縣南五公里，是五嶽中的西嶽。山麓廟宇眾多而且壯麗，香火很盛。

「老先生，請留步。」安幼輿叫了一聲。

「你，你是誰啊？」駝背老人轉頭問道。

「我叫安幼輿。我迷路了，正想到前面去借宿呢。」

他回答說。

駝背老人一聽，立刻說：

「你不能到那兒去，那可不是個好地方。你還是跟我走吧！我家雖然簡陋，還是可以讓你借宿一夜的。」

安幼輿一聽，很高興地答應了。接著，駝背老人帶他來到一所小農家，敲敲門，一個老太太來開門，問：

「那裡來的公子啊？」

駝背老人沒答話，祇是「嗯」了一聲。

這小農家的確很簡陋。駝背老人先點好燈，請安幼輿坐下休息，並吩咐老太太準備晚餐，又想了想，說：

公子：稱呼富貴人家的兒子，也是對別人兒子的尊稱。

「別擔心，他是我的救命恩人。這樣吧，妳行動不太方便，還是叫花姑子去作飯好了。」

沒多久，一位美麗的少女就端著飯菜出來，她長得十分漂亮，又很俏麗。她把飯菜放在桌上後，就靜靜站在旁邊，柔順地看著駝背老人。駝背老人看看她，意思是要她把酒溫熱，於是她轉身又進去了。這時，安幼輿就問：

「這位姑娘是老先生的什麼人呢？」

駝背老人說：

「我姓章，就祇有這個女兒。」

「那請問老先生，她的婆家住在那裡？」

安幼輿這一問，老先生笑了笑：

「她還沒出嫁呢。」

內屋：房子中比較靠後而隱蔽的房間，大都是臥室。

安幼輿不斷地誇獎駝背老人的女兒聰明美麗，老人正想說幾句客氣話，這時，突然從屋內傳來一陣驚叫聲，他們趕緊跑進去，一看，原來是酒煮沸了，而且著了火。

經過駝背老人的安慰後，安幼輿便和駝背老人喝起酒來，花姑子就站在旁邊為他們倒酒。這時，老太太在叫駝背老人，駝背老人就出去了。安幼輿便趁這機會對花姑子說：

「我喜歡妳，我想託媒人向妳求婚，又怕妳父親不允許……」

花姑子拿著酒走向爐台，裝成沒聽見似的，把酒往爐台一放，就朝內屋走去。安幼輿立刻也跟進去。

當安幼輿拉住她的手，想再次表達自己的心意時，花姑子不覺叫了一聲。這一叫，把駝背老人引來了，他很緊張地問：「到底發生什麼事了？」安幼輿一時間覺得很害怕又尷尬，幸好花姑子對父親說：

「是酒又燙沸了，要不是安公子幫忙的話，恐怕連酒壺都燒化了。」

安幼輿一聽，對花姑子為他所做的掩飾感激不盡。等到晚餐結束後，老人替他安排床鋪，道過晚安，大家分別就寢。安幼輿一晚上都沒睡著，第二天天一亮就向駝背老人告辭。回到家，立刻託媒人到山谷裡去向駝背老人提親。可是，媒人找了一整天也沒找到駝背老人的家。

因此，安幼輿便親自去找。他到山谷一看，山谷裡只見懸崖峭壁，駝背老人的家竟然不見了！他又到附近村莊打聽，人們都說不認識姓章的人家。

安幼輿很失望地回家，回到家後便病倒了。雖然他

尷尬：難爲情，不好意思。

的家人很細心的照顧他，他的病卻越來越重。

有一天夜裡，看護他的僕人已睡著，祇剩下安幼輿一個人閉目養神。突然，他覺得有人在搖他，睜眼一看，竟是花姑子站在床邊！

「安公子，你怎變成這樣子呢？」花姑子微笑著說。她量了量安幼輿的脈搏，又為他按摩太陽穴。這時，安幼輿祇覺得有一股麝香的味道傳入鼻子裡，並且感到全身輕快起來。

「安公子，你休息吧，我還會再來的。」

花姑子說完，放幾塊糕餅在他的枕頭邊，便悄悄走出房間。

到半夜，安幼輿覺得好餓，便拿起糕餅吃了幾塊，剩下的就用衣服掩蓋起來。等到天一亮，安幼輿一覺醒

脈搏：生理學名詞。隨著心臟的收縮，動脈也會傳導這種由收縮而來的壓力變動，在肢體的末梢皮膚也可以看到或摸到，這種動脈的跳動叫「脈搏」。

太陽穴：人體穴道名，在眉後低凹處。

麝香：動物學名詞，是雄麝腹部腺體的分泌物經乾燥後製成的香料，具有興奮神經的功能。

來，覺得自己精神好很多。

第三天，他已經把糕餅全吃光，病也好了，他覺得精神比平常還要好。這晚，他把家人都打發走，祇留自己一個人在房裡。

沒多久，花姑子果然又來了，她邊笑邊說：

「你的病好了，怎不謝我？」

安幼輿一高興，立刻拉著她的手，一時也不知該說什麼才好。花姑子這時說道：

「我知道你喜歡我，但我是特地來報答你的恩情的，我不能永遠陪伴你身邊，所以你還是趕快跟別人成親吧。」

他沉默了一下，說：

「我一直想問一件事：妳家到底在哪裡？」

花姑子祇回答說：

「你自己猜猜看吧。」

安幼輿雖然想不通，他還不忘向花姑子求婚。

「好吧，」花姑子想了想，說道：「如果你想和我在一起，明晚就到我家來吧。」

「怎麼去呢？」安幼輿問。

「我姨母住在東邊附近……」

於是，花姑子把地址告訴安幼輿。走的時候，她身上的香味又引起安幼輿的好奇：

「你身上為何充滿香味？」

花姑子說：

「我生下來就有了。」

說完，揮揮手，匆匆離去。

第二天黃昏，安幼輿按照地址來到一所房子前，花姑子立刻來開門，帶他進去。她的姨母為他們準備晚餐，晚餐很簡單，只有青菜和豆類食物。等吃完菜後，就把安幼輿送到一間寢室中去。

快到半夜，花姑子才來，嘆口氣，說：

「今晚的相聚，可能是最後一次了。」

安幼輿一聽，大吃一驚。花姑子解釋說：

「我父親想搬去別的地方，所以我們的相聚就到今夜為止了。」

安幼輿依依不捨地和花姑子在寢室中過了一晚。第二天一早，駝背老人突然闖進來，一看女兒和安幼輿在一起，就大罵：

「你這野丫頭，怎可敗壞我們的家風！」

花姑子驚慌失措地跳起來就跑出去，駝背老人邊罵邊追出去。這時，安幼輿嚇呆了，又害怕又慚愧，只好悄悄的溜走。

安幼輿在家等了好幾天，也沒聽見花姑子的任何消息，便又回去找她，不料不但沒找到那房子，自己又迷路了。幸好，他看見有一座大宅院，便試著去打聽看看。

大宅院有個侍女走出來，一聽安幼輿要找姓章的老先生，便說：

「這是章先生弟弟的家，花姑子正好也在，我就去叫她。」

不久，侍女帶安幼輿走進大宅院中，才走到走廊，花姑子就出來迎接。

「這是妳叔父的家嗎？怎麼沒看到他？」

「他有事外出，要我看家。真巧，你正好來了，才

侍女：婢女，女僕。

使我們又有緣相見。」

然而，就在他靠近花姑子時，卻聞到一股臭氣，接著，花姑子突然抓住他的脖子，用舌頭不斷舔著他的鼻孔。安幼輿覺得自己像被針刺般的疼痛，不久便昏過去。

安幼輿的家人見他一整天沒回來，便派人去尋找。有人說黃昏時在山路上碰見他，尋找的人就到山裡去，他們發現安幼輿已死在一處懸崖下，祇好將他的屍體抬回去。

正當他的家人悲傷哭泣時，一個美麗少女前來弔唁。她邊哭邊撫著安幼輿的屍體說：

「請你們讓安公子在這裡停靈七天，絕不要入殮。」

說完，這位美麗少女就淚流滿面地走了。安幼輿的家人猜想，她一定是仙女，便依照她的話去做。

弔唁：到喪家表示哀傷慰問的心意：弔，哀悼死者；唁，慰問死者的家屬。

停靈：原是指人死後只將屍體裝入棺材而不埋葬，這裡是指把屍體停放在床上或門板上而不裝入棺中。

入殮：俗稱把屍體裝進棺材為入殮，又叫「大殮」。

當天晚上，她又出現了，在安幼輿的靈前痛哭。到第七天晚上，安幼輿居然像睡醒了似的叫了一聲，家人又驚又喜。這時，美麗少女走到靈前，安幼輿揮揮手，要家人全退出去。她拿出一把青草，倒進一升水來煮，然後餵安幼輿喝下。安幼輿喝完後，就能開口說話，他把在大宅院遇到的情形說了一遍。

「那花姑子不是我，她是一條大蛇精變的！」花姑子說。

「那妳又怎麼能把我救活？」安幼輿問。

「好，我把真相告訴你吧。」花姑子說，「五年前，你不是在華山向一位獵人買下一隻麞，又把這隻麞放走了嗎？你放走的那隻麞，就是我父親。我父親說你是他的大恩人，就是指這件事啊！其實，你本來已經死了，

麞：音ㄓㄤ，俗寫作「獐」。哺乳動物名，形體像鹿而較小，頭部無角，皮毛黃黑色，四肢強勁善跑，皮質勝過鹿皮，是很好的皮革原料。

我和父親向閻王請願，起初閻王不答應，後來我父親表示寧可替你死，經他七天七夜為你向閻王哀求，閻王才答應了。你現在雖然復活，身體還是很虛弱，而且會全身麻痺，一定要弄些蛇血配酒來喝，病才會全好。」

「那，哪裡去找蛇血呢？」安幼輿問道。

花姑子告訴他：

「這並不困難，不過必須找很多蛇血來才行。」

安幼輿正苦惱時，花姑子又說：「我可以告訴你一個方法。可惜這法子會傷害許多生命，我也因此觸犯仙規，要被罰一百年不能再回到人間。可是為了替父親報恩，我已不能計較這麼多——有一個蛇洞在華山山腰上，下午三時，你祇要叫人將茅草放在那蛇洞的洞口焚燒，再叫幾個人拿弓箭等著，就能抓到那條大蛇精！」

說完，花姑子又向安幼輿告別：

「我們不能在一起了，為了救你，我已損失七分修練的成果。不過，從上個月起，我覺得我的肚子有塊東西，猜想是懷了你的孩子，到底是男是女，到明年我會託人帶給你。」

說著，花姑子淚汪汪地走出去，消失了。

這天晚上，安幼輿覺得腰以下沒有知覺，用力抓也不痛不癢。

天亮以後，安幼輿把花姑子的話告訴家人。家人立刻照話找到那大蛇的洞，並且用茅草在洞口焚燒。

不久，果然有一條大白蛇從洞裡衝出來！

大家一起發射弓箭，把大白蛇射死。等火熄了後，大家到蛇洞一看，發現大大小小幾百條蛇都被火燒焦，

修練：包括內在的精、氣、神的培養和外在的藥石的煉製。修，指修習佛家或道家的道理；練，指煉丹，道家認為把朱砂放在爐火中燒煉，可製成仙丹，服用後就能長生不老甚至成仙。

發出一股令人難受的臭氣。

於是，大家把那條大白蛇帶回去，把牠的血配酒給安幼輿喝下。

第二天，安幼輿發現自己的身體果然舒暢多了，又過了半年的調養，才完全復原。

康復後，有一天安幼輿又到華山去散步，遇見一位老太太，她手中抱著一個用棉被裹著的嬰兒，一見到他，便把嬰兒交給安幼輿，而且說：

「我家小姐說，這嬰兒是你的。」

安幼輿正想問話，但是頭一抬，這位老太太已消失不見了。

他打開棉被一看，原來是一個很可愛的男孩，便抱回家去撫養，從此安幼輿就終身沒有再娶妻。

菊花精

（改寫自卷十一「黃英」）

從前，有個叫馬子才的人，很愛菊花，祇要是珍奇的菊花苗，或特異的菊種，就是天涯海角也會想辦法買回來，栽種在自己家裡的庭院中。

有一天，從南方來了一個陌生人，他說：「我的親戚在南方，有一兩種非常珍貴的菊花苗，在北方是看不到的。」

馬子才一聽，便興奮地說：「真謝謝你特地來告訴我這好消息，那麼是否可麻煩你帶我去南方一趟呢？」

陌生人深深被馬子才的誠心感動，便答應了。雖然，從北方到南方路途非常遙遠，而且中途要渡江過河，又可能遇上盜賊，但這些危險，馬子才全不放在心中。

他們辛苦地走了幾個月之後，終於來到南方。

也因為靠陌生人的大力交涉，終於幫馬子才買到兩種珍貴的菊花苗。馬子才滿懷興奮地把菊花苗包好，向陌生人道謝後，馬上踏上歸途。

在回程中，他遇見一個看起來瘦弱，卻長得十分清秀的年輕人，這年輕人騎著驢子，跟在一輛篷車後面。正好，馬子才因長遠的旅途而感到無聊，便和年輕人打招呼。

那年輕人談吐和態度都很高雅，還說：「我叫陶三郎，你為何做長途的旅行呢？」

馬子才把尋求菊花的事照實說了，那年輕人便笑著說：「我也愛菊花，你關心的是花種，我關心的是如何讓花開得更漂亮。」

馬子才沒想到能遇上同是愛好菊花的人，因此他們談得很投機很愉快。

馬子才問他：「陶先生上哪兒去？」

陶三郎說：「我們原住南方，我姊姊在南方住膩了，正想搬到北方去呢！」

馬子才高興地說：「我雖然不富有，如果你們不嫌棄的話，就搬到我家住好了。」

陶三郎答說：「呃，謝謝你的好意，我要先和姊姊商量一下才行。」

於是，陶三郎走到篷車後面，掀起窗簾和車中的人交談起來。馬子才一看車中的人，陶三郎的姊姊長得眉目清秀，鼻子挺直，嘴唇像小花瓣一樣。她是馬子才見過最美麗的女人了。

她對陶三郎說：「祇要庭院寬闊的房子，我就喜歡。」

馬子才一聽，高興地說：「歡迎歡迎，我太太也一定很高興你們搬來住！」

於是三個人邊趕路邊談，在融洽的氣氛中抵達北方。

在馬子才家的南邊，有一間小屋坐落在一片荒蕪的園地上，陶家姊弟就很滿意地住進去。

弟弟陶三郎天天去幫馬子才照顧菊花，把枯掉的菊花枝拔起來，重新栽植，結果一株株枯菊又長得非常好。

馬子才暗暗驚嘆陶三郎奇妙的種法，也高興能結識這一位朋友。不過，陶家姊弟的生活十分貧困，他們每天在馬家吃飯，似乎自己不曾煮過飯似的。

陶三郎的姊姊叫黃英，能言善道，也時常到馬家去幫著做些針線的工作。馬子才的太太很喜歡黃英，常送米或日用品給她。

這樣的日子過得很快樂，有一天陶三郎對馬子才說：「我們在你家打擾太久了，我看你家也不十分寬裕，我們的生活又靠你來負擔，實在過意不去，所以我想去賣菊花增加收入，你看如何？」

馬子才很固執地答說：「你我都很喜愛自然，雖然貧窮些，但並不改變我們愉快的心情啊，而且這樣活著才有意義，像你這樣做，是會侮辱到菊花的。」

但陶三郎微笑說：「靠自己誠心照料的東西來過活，這並不是卑鄙的行為，何況賣花也是正當的工作，我們不勉強追求物質，但也無需太貧苦啊！」

馬子才一聽，就默默不說話。

陶三郎在園子裡撿了些馬子才丟棄的枯枝，以及一些不好的菊苗，然後離開。從此，他很久不再到馬家。

菊花盛開的季節到了。

陶三郎家門前，天天都聚滿許多人，這引起馬子才的好奇。原來，有人用車載，有人用肩挑，都排著長龍來陶家買花。而賣出去的菊花，竟都是馬子才沒見過的稀世珍品。

馬子才心想：「唉，陶三郎看來是被金錢迷惑了，這樣的人不如和他絕交算了。」

馬子才雖這麼想，但又嫉妒陶三郎有那麼多珍異的花種。為了這原因，他決定去敲陶家的門。

陶三郎一見到他，便親熱地說：「是馬兄啊，請進，請進！」

陶家的園子原本一片荒蕪，如今除了小屋之外，都變成整齊美觀的菊花園。剛摘去花枝的地方馬上補上花苗，已開花的也都是珍奇菊種，可是仔細一看，那些都是馬子才以前丟棄不要的枯枝長成的！

正當馬子才感到訝異時，陶三郎已擺好酒席，邀他在花園邊一起飲酒。

陶三郎說：「我們實在太窮，所以沒聽你的忠告。不過，值得安慰的是生意不錯，近來也有點積蓄，所以才能請你痛快的喝酒啊！」

過不久，屋裡傳來叫三郎的聲音，是黃英在呼喚。陶三郎進入屋中，再回來時已端出各式各樣的山珍海味。

他們一邊喝酒吃菜，馬子才問道：「你姊姊為什麼還沒結婚呢？」

陶三郎答說：「時機還沒到。」

馬子才問為什麼。陶三郎說：「要等四十三個月以後。」

「四十三個月以後？」馬子才很奇怪，「這又為什麼？」

然而，陶三郎祇是一直微笑而不回答。

第二天，馬子才又來找陶三郎。

他詫異地發覺，昨天才種下的枯枝，一日之間便長出三十公分高的漂亮花枝來，便向陶三郎請教種菊花的技術。

陶三郎說：「種菊花的技術祇能意會不能明說，而且你目前還不必為生活發愁，我想你也不急於學吧。」

四五天後，陶三郎就挖了幾十株菊花放在車上，旅行去了。一直到第二年的二月，才由南方帶回許多稀世的菊花種。然後，又在街上擺攤子賣花，賣了十天才賣完。

接著，來買菊花的人潮始終沒減少過，這些人都說：「去年向陶三郎買的菊花，根枝到現在還活著，卻開不出好花，所以又來向他買呀！」

像這樣，年年賣花的結果，陶家就漸漸富裕起來，先改建了房子，接著又擴建。很快的，原來的庭園就變成宅第，於是陶三郎又買下附近的土地，用牆圍起來又種了更多的菊花。

一到秋天，陶三郎又載著菊花遠行，但到隔年的春天還沒回家。

這段日子裡，馬子才的太太病死了。

不久，馬子才想到，如能娶黃英那該多好啊！於是託人把自己的心意傳給黃英，可是黃英祇微笑不回答，最後才說：「這件事等我弟弟回來後再說吧。」

又過一年，陶三郎依然沒回家。黃英便叫僕人開始種菊苗，她種花的方法和陶三郎一樣，而且生意更好，所以又在郊外買了一大片土地，興建更豪華的房子。

有一天，忽然有個人送給馬子才一封陶三郎寫的信。馬子才拆開一看，信中竟寫著要馬子才娶黃英的事。他一看日期，正是馬子才太太去世的那一天，再由第一次在花園喝酒的時間算來，正好是四十三個月。

馬子才感到十分訝異，便把信給黃英看。

黃英點點頭，答應馬子才的求婚。

馬子才說：「我要給妳多少禮物和聘金呢？」

黃英說：「不必了，不過請你搬到南邊新蓋的房子來，你原來的舊房子實在太窄。」

馬子才答說：「這怎可以？如果我這樣做，不是被人看笑話嗎？」

黃英也不勉強他，祇是溫柔地說：「就依你說的好了。」

於是，他們結婚了。黃英嫁給馬子才後，便在馬家的南邊牆壁開個門，讓新舊房子可以相通。

馬子才認為太太很有錢，就對黃英說：「妳我的帳目分別記吧。」

黃英也答應了。可是，馬家一旦需要東西，馬上可以由新房子帶過來，因此不到半年，舊房子就堆滿新房子搬來的東西。

馬子才不斷叫人把這些東西搬回去，但不久就發現舊房子中又有新房子搬來的東西。這種情形很困擾馬子才，但黃英說：「我們是夫妻，為什麼要這麼計較呢？」

馬子才慚愧得說不出話來，所以就不再過問這件事，而由黃英作主。於是，黃英又叫人來改建房子，幾個月後，新舊房子都連結在一起，就像宮殿似的。

後來，黃英也遵照馬子才的話，把賣花的生意收了，但他們仍過得十分富裕。

不過，馬子才的心裡卻難安，便對黃英說：「我這許多年來一直過得不富裕，如今因妳的關係才能享福。我是個男人，像這樣依靠太太過活，會被人看輕的。」

黃英回答說：「我並不貪求過分的榮華富貴，也不認為，自古以來，凡是愛菊的人都得窮困。你不必把富裕看成痛苦的事，要由貧窮變成富裕不容易，但要從富裕變成貧窮就很容易，至於我的錢就是你的錢，你可以安心花用啊！」

但是馬子才仍堅持：「用別人的錢，總是不好啊！」黃英一聽，顯得有點氣憤，就說：「你不想富有，我又不能不做人，那我們祇好分居了。」後來，馬子才在庭院中搭了一間茅屋居住，從此心情才好些。

可是過不了幾天，馬子才就很想念黃英，便叫人去請她來，但黃英拒絕了。馬子才不得已祇好親自去找她，後來便每隔一個月去看黃英一次。

黃英笑他：「你這麼做覺得很好嗎？一會兒吃飯在那裡，一會兒在這裡住，不怕別人笑嗎？」

馬子才只有苦笑，因此又決定不分居，像從前住在一塊。

有一回，馬子才有事到南方去，那時正是菊花盛開的季節，所以他就走進一家花店去看看，不料花店的主人竟是陶三郎。

最後，馬子才說服了陶三郎，兩人一起回北方去。黃英好像已預知弟弟會回來，早就把房間整理好。陶三郎一回家，便和馬子才天天飲酒下棋，不和其他人交往。

這一天，馬子才勸陶三郎說：「你快結婚吧。」但陶三郎總是把話題轉開。

陶三郎的酒量很好，從沒見他醉過。馬子才有位朋友老曾，也是酒量很好的人。有一天，老曾到馬家去，馬子才就邀請老曾和陶三郎比比誰的酒量大。

他們從早晨八點喝到晚上兩點，還比不出高下。但是，等他們約定下回再分出勝負後，老曾一站起來，就碰的一聲，醉倒在地，呼呼大睡了。

而陶三郎也有一點醉意，他搖搖晃晃地走出門。

馬子才扶著他說：「走路小心啊！」

但當他們沿著路朝花園裡走的時候，陶三郎再也忍不住，身子晃了幾下，脫下衣服，便在花園中醉倒了。

忽然，陶三郎的身體竟變成一株綠色且細長的菊花！這菊花上開著十多朵花，每一朵都有拳頭大！馬子才一看，真是嚇呆了！

他簡直不敢相信自己的眼睛：「原來陶三郎是菊花精！」

黃英知道這情形後，並不感到訝異，祇是把這株菊花拔起來放在地上，又說：「唉，為什麼要喝得爛醉如泥呢？」

說完，就拾起陶三郎的衣服蓋在菊花上，然後對馬子才說：「你不許看。」

第二天，天亮之後，馬子才發覺陶三郎仍睡在花園中，但已恢復人形，於是把他叫醒。

從此，馬子才雖然知道他們姊弟兩人都是菊花精，也不覺得可怕。

而陶三郎因酒醉現出原形後，便常邀老曾一起喝酒，而且喝得更多更烈。

二月十五日是菊花的生日，老曾又來到馬家，陶三郎叫人抬來一大缸的酒，兩人又喝起來。一缸不夠，再

爛醉如泥：形容人喝醉酒後全身軟綿綿，即使扶著他也站不起來，就像一灘爛泥巴一樣。

喝第二缸。老曾最後喝醉了，被僕人背回去。而陶三郎又和上次一樣醉倒在花園，現出一株菊花的原形。

馬子才見怪不怪，於是學黃英的方法，拔起菊花，心想：「今晚我倒要看看陶三郎是怎麼變的！」

不久，馬子才發現這株菊花的枝葉有點枯萎凋謝。他嚇一大跳，趕緊叫黃英來。

黃英一看，立刻哭出聲：「我弟弟被你害死了！」她抱住已枯萎的菊花傷心欲絕，哭了很久以後，才把它的根莖種在花盆中。

馬子才為此不但痛恨老曾，也更責備自己。幾天以後，他聽說老曾也因酒醉死了。

黃英辛勤地給花盆的根莖澆上水，不久盆中又長出新芽。九月來時，它已在短短的枝上開出一種有濃厚酒味的白菊花來。

令人奇怪的是，如果這株菊花快枯萎時，澆些酒上去，它就又活過來。

一直到黃英老了，也沒再發生什麼怪事，而馬子才和黃英都過著幸福的生活。

幽魂復活

（改寫自卷三「連瑣」）

一個叫楊于畏的年輕人，為了讀書而搬到山東泗水河畔去住。

在他的書房窗外，就是很荒涼的山野，在圍牆外則有一座座古墳。一到晚上，窗外的柳枝就如波浪般洶湧吹動，發出颼颼的聲音。

有天晚上，楊于畏在讀書時，突然從圍牆外傳來陣陣歌聲。

楊于畏又仔細一聽，那竟是個女人的歌聲，十分淒

泗水：河名，在山東省中部，因有四個源頭，所以叫做「泗水」，是淮河下游最大的支流。

涼。雖然，第二天他曾細心地查看牆外的一切，並沒發現任何人的腳印，祇發現一條紫帶子。因此，他便將它撿回去，放在窗口。

當天晚上十一點，同樣的歌聲又從牆外傳進來，可是當楊于畏一站到椅子上從窗口望去時，那歌聲馬上就消失。他心想：難道有女鬼？

那歌聲實在太淒涼，深深打動楊于畏的心。

第二天夜裡約一點時，楊于畏就悄悄的趴在牆上向外偷看，在一棵柳樹旁果然有一條人影出現了！是一個年輕少女，她垂頭靠在樹幹，悲傷地唱著歌。

楊于畏輕輕咳一聲，那少女立刻像烟一般消失。

楊于畏這時卻唱起歌來：「啊，衣裳冷冷的，祇好眺望著上升的月亮，心裡的悲哀有誰知呢？」

他唱完，四周依然靜悄悄的。

楊于畏停了許久，見沒任何反應，祇好失望地回到書房。當他一回到書房坐下，一個美麗的少女突然跟著走進來，她說：「我看你是一個心地善良的詩人，所以我也不再害怕。」

這少女瘦瘦高高的身材，似乎忍不住在發抖。楊于畏欣喜地拉住少女的手，讓她坐下，然後問她：「妳為何到這裡來，又是那裡人？」

少女回答說：「我叫連瑣，是甘肅人，在二十年前，我十七歲時父親帶我四處旅行，但我在旅途中病死了。我在荒涼的冥間覺得很寂寞，就不知不覺唱出歌來。」

楊于畏看她穿著黃錦鞋的腳，一腳是五色帶綁著，一腳是用紫帶綁的。他問說：「妳為何一邊用五色帶綁鞋子呢？」

連瑣答說：「紫帶子在前天晚上遺失了，所以用五色帶……」

楊于畏便從窗口取下那條紫帶子還給她：「喏，還妳吧。」

連瑣奇怪地問說：「你為何有這條帶子？」於是，楊于畏一邊幫她換上紫帶子，一邊把前晚的情形告訴她。

接著兩人點著蠟燭在窗下談起話來，好像多年不見的老朋友一樣。連瑣十分聰明，他們談詩論文，不知不覺相互產生愛慕之情。

從此，歌聲在夜晚出現後，連瑣便來到楊于畏的書房，並經常告誡楊于畏：「請千萬別把我的事告訴任何人，因我害怕壞人欺負，我一向很膽小。」

楊于畏答應了。

連瑣寫的字很秀麗端正，常在燭光下替楊于畏抄寫文章，顯現出她是個有涵養的女性。為了常和楊于畏彈琵琶和下棋，她也要求楊于畏買琵琶和圍棋。

到了天亮時，連瑣便慌慌張張地跑出去。雖然只能在夜間相聚，他們卻過得十分快樂。

有一天，楊于畏的朋友薛郎來拜訪。

他一進門便看見棋盤和琵琶，那時楊于畏正在午睡。

薛郎有點訝異：「真奇怪啊，楊于畏原本是不愛下棋和琵琶的，怎變成……」

然後，他又翻閱書桌上一本抄寫著各種詩詞的簿子，自言自語地說：「這筆跡真清秀啊！」

琵琶：樂器名，有四弦和六弦兩種。用梧桐木製成，頭彎曲，頸子長長的，下半部成橢圓形，有弦的那一面是平的，背部則是圓的。從前用木片來撥弦，唐朝以後用手指撥弄，現代這兩種彈法都有。

圍棋：棋戲名稱。棋盤是縱橫各十九道，有三百六十一個交叉點，黑白棋子各一百五十枚。玩法是雙方各持黑白子，落在交叉點上，以包圍方式吃下對方的棋子，吃得多的取勝，所以稱做「圍棋」。

支吾：用相似而牽強的言語，勉強的應付別人。

正當薛郎覺得詫異時，楊于畏睡醒了：「老薛，你來了？」

薛郎問說：「琵琶和棋都是你的？」

楊于畏知道薛郎已起疑心，祇好支支吾吾地說：「我是想學學……」

薛郎又接著問：「那簿子裡所抄寫的詩詞是誰寫的？這不像是你的字。」

他隨意地拿起簿子翻著，無意間在最後一頁裡發現幾個秀麗的字：「某月某日連瑣抄」。

終於，薛郎明白了，笑說：「這不是女孩子的字跡嗎？你還騙我？」

不得已，楊于畏祇得把實情說出來。

薛郎睜大眼睛說：「有這種怪事，我真想看看她。」

楊于畏連忙拒絕：「不可以！我答應為她保密的！」

但薛郎很堅持：「你越是這麼說，我越好奇地想看看她！」

楊于畏沒辦法拒絕薛郎的要求，祇好說：「我看，還是先讓我來和她商量一下吧。」

這天晚上，連瑣又出現了。

楊于畏告訴她薛郎這件事，還說：「薛郎想見妳。」

連瑣一聽，很不高興地答說：「不是請求你代為保密的嗎？但你還是沒法守住祕密！」

雖然楊于畏一再的解釋，連瑣依然不接受，還說：「你我的緣份已盡了。」

楊于畏又懇切地要求她原諒，但連瑣已很不高興地說：「短時間裡，我不想再見到你！」

說完，她掉頭走出門去。

第二天，薛郎便來探問：「她的意思怎樣？」楊于畏說：「她不見任何人，請你諒解。」

薛郎說：「你在騙我！我可是有我的法子的！」一氣之下，薛郎便回去了，直到黃昏又找來一個姓王的朋友。他們兩人在書房中又是喝酒又是大鬧。楊于畏儘管看得很不高興，但對他們一點辦法也沒有。

從此，這兩個人每晚都來喝酒大鬧，可是一直沒看到奇怪的事發生。所以，薛郎想看看連瑣的興致，也一天天淡了。

但是，就有一天，當他們的心都平靜下來的時候，那淒涼的歌聲，又傳進屋子裡！大家一時都屏息傾聽，這一聽之後大家的心頭便湧起一陣陣悲傷，眼淚也溢滿眼眶，似乎都被感動。

忽然，那個姓王的朋友撿起一塊石頭，朝那歌聲丟去，而且大聲說：「唱什麼唱！要笑就笑，要哭就哭，不要祇是唱這種淒涼的歌好不好！」

歌聲停止了！

楊于畏和薛郎都很生氣，尤其是楊于畏更是責備老王的無禮！

第二天一早，兩個朋友都離開，楊于畏還盼望連瑣能再一次出現，所以獨自坐在書房中。

又隔了兩天，連瑣忽然傷心地哭著出現在楊于畏的面前，說：「你的朋友真是壞，把我差點嚇死了！」

楊于畏很抱歉地說：「對不起，這不是我的意思，祇是他們不聽我的勸告……」

但是，連瑣卻一言不語。

楊于畏又一再地請她原諒，可是連瑣起身就走，祇說聲：「再見。」

楊于畏迫不及待地喊住她：「等一等！」

而且，他很快地伸手想拉住她，但是她已消逝得無踪無影。

縱使楊于畏日日夜夜想念她，但連瑣如果不出現，他一點辦法也沒有。因此，楊于畏一天比一天消瘦下去。

有天黃昏，當楊于畏在書房看書時，連瑣突然推門進來！

楊于畏驚喜地拉住她的手，問說：「妳諒解我了？」

然而，連瑣始終默默不語，而且滿面淚痕。

楊于畏不解地問：「發生什麼事了？」

連瑣咬一下嘴唇，然後才說：「我生氣的離開，可是如今卻有事求你幫忙……」

楊于畏趕緊問說：「有什麼事妳說。」

連瑣低泣地答說：「這幾天，一個不知哪裡來的官吏，他強迫要娶我，但我不喜歡他，可是他要脅我！楊公子，你一定要幫忙我才行！」

「由我來應付這壞人！」楊于畏憤慨地說：「我該如何幫妳呢？活人和妳的亡魂世界是不一樣的啊！」

於是，連瑣說：「這麼辦吧，明晚你早點睡，我到你的夢中去接你。」

兩人又談了許多話，天快亮時，連瑣再次提醒他：「明天晚上的事千萬別忘了。」

然後，她又消失了。第二天中午一過，楊于畏便上床睡覺去。過一會兒，連瑣便來到他的夢中，把楊于畏帶到一個房子裡。

連瑣進入房裡後，先把燈點亮。兩人才剛坐下來，就有人來敲門。

連瑣很慌張地站起來說：「他來了！」

楊于畏自告奮勇地答說：「好，我來應付他！」

門開了之後，有一個滿臉鬍子，穿著青衣，頭戴紅帽的壯漢出現在門口！楊于畏忽然把手一翻，一把刀子已砍向對方！

那官吏大叫：「你竟敢闖到這裡來！」

說完，一閃身躲過楊于畏的一刀，他很快拾起石頭，像雨點一般的向楊于畏丟去，其中有一塊將楊于畏的刀打落了！

楊于畏暗叫一聲：「完了！」

對方的石頭一塊接一塊地丟過來，使他沒機會蹲下身去撿刀子。

這時候，有個人正從附近打獵經過，腰間佩著一束箭。楊于畏眼睛一瞥，那不是老王，那姓王的朋友嗎？在這危急時刻，楊于畏早就忘記以前趕走他的事，大叫：「老王，快幫我！」

老王一聽，立刻跑過來，箭一搭，一箭就射中那人的大腿，接著第二箭又射中對方的胸腔，那人就不支倒地。

事後，老王很驚異地問：「這到底是怎麼回事？」

楊于畏便一五一十把事情經過說一遍。

老王說：「上一次我實在太粗魯了，這次就算我報答你們。」

兩人一起進入連瑣的房子，見她正顫抖地躲在屋角呢！又見桌上放著一把刀柄鑲著玉和金，有三十公分長，抽出鞘，便發出如月光般光芒的刀子。老王一看，喜歡極了，連聲說：「真是好刀啊！」

老王不斷地讚賞這把刀，看完後就回去了。

楊于畏把連瑣扶起來，又安慰她一會兒，便告辭回家，但是一回到書房時，自己突然倒下去！然後楊于畏就從夢裡醒過來！

天亮了，楊于畏發覺被那亡魂官吏用石頭打中的手還很痛，而且還紅腫了哩！

中午，老王突然來拜訪。他說：「楊公子，我昨晚作了個怪夢！」

楊于畏接口說：「是射箭的夢？」

老王一聽，很吃驚地反問：「你怎麼知道？」

楊于畏把手給老王看，並說明經過，老王聽後更是吃驚。

老王說：「我和你所作的夢一樣，但我沒看清楚連瑣的樣子，真可惜，不知道我幫了她的忙，她願不願見我？」

當天晚上，連瑣來致謝，楊于畏把功勞歸給老王，而且說：「請妳答應見他一次吧。」

連瑣祇好點點頭說：「老王性格很粗魯，但我很感激他。他似乎很喜歡我的刀，那是我父親用一百兩金子買的，我喜歡它，隨身攜帶著，並為它鑲上珠寶，父親在我死後，便把刀子給我陪葬，我可以把刀送給老王。」

第二天，楊于畏把話傳給老王，老王十分高興。

當天夜裡，連瑣把刀子帶來送給老王，並對老王說：「這刀十分名貴，請你善加利用。」

從此，連瑣又夜夜來陪楊于畏讀書。直到五六個月以後的一個晚上，連瑣微笑地向楊于畏說：「這些日子和你在一起，我已能呼吸活人的氣息，身子似乎漸漸復活了，但是要真正復活，必須要有活人的血才行。」

楊于畏很興奮地答說：「我們是好朋友，我可以給妳血！」

連瑣說：「你給我血以後，會生病二十天，不過不必吃藥，你很快就會恢復的。」

楊于畏接口說：「那要多少血呢？」

連瑣說：「你忍著痛，一滴就夠了。」

楊于畏說「好」，便拿起刀子在手腕刺出血來，把青鳥：古代傳說中西王母的使者，是隻三腳烏鴉。

血滴在躺在床上的連瑣的肚臍上。連瑣起身後說：「一百天以後，你如果在我墓邊聽到青鳥啼叫，就馬上挖開我的墳墓。我暫時不會再來，這件事你一定要記住，一百天以後……」

說完，連瑣便離開。

她一走，沒多久，楊于畏的腹部便膨脹起來，不斷地痛苦呻吟，醫生為他開了藥，服下，便吐出黑泥般的東西，二十天後，病就好了。

一百天後，楊于畏便僱人一起趕到墳墓，一直到黃昏時，果然見到一隻青鳥在墓邊的枝頭上啼叫。

於是，楊于畏馬上和工人把墳墓挖開，墓裡的棺木都腐爛了，但裡面的連瑣卻好像睡著了一樣。

楊于畏用手一摸，竟是溫暖的。

最後，楊于畏用衣服裹著連瑣，背回到書房裡，在他細心的照顧下，連瑣果然慢慢有了呼吸。

楊于畏用稀飯餵她，再用菜肴，連瑣就在當晚醒過來。她看一看楊于畏，露出溫柔的微笑說：「啊，這二十年的歲月真像作了一場夢啊！」

英雄朋友

（改寫自卷四「田七郎」）

遼陽有個叫武承休的人，他喜歡結交朋友。和他來往的朋友，都是很有身份地位的人。有一天，武承休作了個夢，夢見有人告訴他：「你的朋友真多，可惜啊，可惜！都是些酒肉朋友。有一個可以和你共患難的人，你反而不認識，真是可惜啊！」

武承休問對方說：「你說的這個人是誰？」

夢裡的人告訴他說：「田七郎！」

夢醒之後，武承休覺得這個夢很奇怪，便到處打聽

遼陽：縣名，在遼寧省瀋陽市西南。

酒肉朋友：指只可一起吃喝玩樂，卻沒有理想、道義而不能共患難的朋友。

是否有田七郎這個人，如果有，那麼住在哪裡。不久，有人告訴武承休說，田七郎是東村的一個獵戶。於是武承休便專程去拜訪他。

到了田七郎的家之後，武承休用馬鞭敲敲門，有個人開門走出來，年齡大約二十幾歲，兩眼有神，身體很結實，但戴著髒髒的帽子，腰上的黑圍裙上有許多補過的地方。他很有禮貌地問武承休的來意。

武承休先說出自己的名字，但假裝說，因為走路走得很累了，想在他家歇歇腳。又問：「請問貴姓大名？」

這人答說：「我叫田七郎。」

說完後，便請武承休進屋子裡休息。

武承休進門後四處打量一下：田家衹有幾間破屋，牆壁是用木樁支撐著，搖搖欲墜。走進一間狹小的房間

歇脚：休息。

後，裡面懸掛著一些虎狼和野獸的皮，連一張椅子也沒有。而田七郎就在地上墊了一塊獸皮，請武承休坐下。

武承休和他談了一會兒，覺得這人講話很率直，心裡很喜歡他。於是，武承休立即取出一些銀子，給田七郎當本錢去做做生意。田七郎不肯，武承休則一定要他收下。田七郎被逼著接受了，便進到屋子裡告訴母親。一會兒，田七郎又把銀子還給武承休，但武承休堅持不收回。正當兩人一來一往各不願接下銀子時，田七郎的母親緩緩走出來，很嚴肅地說：「我祇有這樣的一個兒子，可不願叫他去伺候老爺！」

武承休被說得很難為情，祇得不好意思地離開。

他一路走著，心裡想來想去，想不懂他們為何這樣不講情面。幸好，有一個跟武承休去田家的僕人，在田家的房子後面聽見田七郎母親的話，就把這些話原原本本地告訴武承休。原來田七郎拿著銀子進去報告他母親時，他母親說：「我看見武承休這個人氣色不太好。你要了解，別人對你好，你就得幫別人分憂；別人給你好處，你就得幫人解決困難。有錢的人可以拿錢報答別人，我們是窮人，拿什麼去報答別人？不然，就拿你這條命去報答別人嗎？」

武承休知道田七郎不肯收下銀子的原因後，心裡很敬佩田七郎母親的賢德，也更加覺得田七郎的確是不平凡的人。

第二天，武承休準備好酒菜，派人去請田七郎來喝酒，但田七郎很客氣的拒絕。於是，武承休便自己到田家去，坐在田家討酒喝，田七郎便拿出酒和鹿肉來請武承休吃。

過幾天，武承休再擺了酒菜，把田七郎請來，兩人談得很投機，但是一等到武承休想送給田七郎銀子時，田七郎又拒絕了。武承休便假裝說，這些銀子是請他代為買一些獸皮的，田七郎才接下。

田七郎回到家，一看自己家裡的獸皮不夠，就想上山去打獵。但是，他上山之後，三天了，連一隻野獸也沒打到。不幸的是，田七郎的太太又生病了，田七郎祇好留在家裡陪她。

十幾天後，田七郎的太太病死了，只得花掉武承休給他的一些銀子，用來安葬他太太。而武承休去弔祭他太太時，又送給田七郎很多銀子。

太太安葬好之後，田七郎很感激武承休的厚愛，更想打獵到幾張獸皮，來作為報答，但一連許多天，都沒打到野獸。

武承休知道這種情形後，就勸田七郎說：「你也不必性急，我又不急著要獸皮。」

而且，武承休很熱情地常請田七郎到家裡去聊天。可是，田七郎總覺得欠了債不還，心裡很難過，就不肯到武承休家裡去。

武承休為了請他去，就叫他把現有的獸皮帶去。當田七郎在家裡準備獸皮時，發現獸皮都給蟲子蛀掉了，獸皮上的毛一束束地脫落，看得田七郎心裡十分沮喪。

武承休知道後，便趕到田家，盡力安慰他，而且在看了蛀壞的獸皮後，對田七郎說：「這也很好啊，我本來也不要有毛的獸皮，祇要這樣的皮就夠了。」

雖然武承休如此安慰他，田七郎仍覺得過意不去。所以，田七郎便帶了足夠的乾糧，上山去獵野獸；他日夜的等待守候，終於給他獵著一頭老虎。

田七郎把這隻完整的老虎送給武承休，武承休真是高興極了，便大擺宴席，請田七郎在家裡玩三四天。田七郎不肯，武承休便把門戶都鎖上，不讓他走。

而武承休家裡的朋友們，一看田七郎祇不過是一個鄉下人而已，都暗地裡說武承休亂交朋友，連這種鄉下人也結交。

可是，武承休對待田七郎，比對待任何人都好，給田七郎縫新衣服，田七郎不接受，就趁田七郎睡覺時，把舊衣服換走，使他不得不穿上新衣服。

而田七郎回去以後，又聽了他母親的教訓，把新衣服送還武承休，而把舊的要回去。

武承休笑笑說：「回去告訴伯母，舊衣服已經折了，當成鞋子的襯底了。」

從此以後，田七郎常常把打獵得來的一些鹿肉、兔肉等野味送給武承休。但武承休一請他去聊聊，總是被田七郎拒絕。

有一天，武承休實在很懷念田七郎，便親自到田家去找他。正好田七郎上山打獵去，田七郎的母親走出屋子，對武承休說：「請你以後再也不要來找我兒子，我看你是不懷好意的。」

這說得武承休面紅耳赤，此後，他就再也不敢上門來找田七郎。

半年以後，一個僕人來告訴武承休有關田七郎的消息：「田七郎因為和其他獵人搶獵一隻豹，打起架來，不幸把對方打死了！」

武承休接口問說：「那現在他人呢？」

僕人趕緊說：「出了人命，田七郎被捉去了。」

武承休大吃一驚，趕去一看，田七郎已關入監牢。田七郎見了武承休，祇默默地說：「今後，您如果願意的話，請您照顧我年老的母親吧。」

武承休聽了很傷心，趕忙花一大筆銀子賄賂縣官，又給被田七郎打死的獵戶家屬一百兩銀子，請他們撤回告訴。一個月之後，縣官見沒有人繼續提出告訴，就把田七郎釋放了。

田七郎的母親見到田七郎被釋放，很感動地說：「兒

告訴：法律名詞。刑事被害人或有告訴權的人，向偵察機關報告他人的犯罪事實並表示追訴意思，稱為告訴。

子呀，你現在這條命是武先生給的，做母親的再也沒權利來管束你，但願武先生一輩子不出事，那就是你的福氣了。」

田七郎一聽，想去向武承休致謝，他的母親就說：「去是可以去，但見了面也不必道謝，你要知道，小恩小惠可以謝，至於這種救你一命的大恩大惠，是不必說道謝的。」

田七郎點點頭，就到武承休家去，見了武承休後，果然沒有一句感謝的話。武承休很誠懇地安慰他，田七郎祇是點點頭。

武家的人一看，都怪田七郎沒良心，連一句道謝的話也沒有。但武承休覺得田七郎樸實厚道，待他就更親密了。

從此之後，田七郎便經常到武承休家裡去，一住就是幾天；武承休送田七郎東西，他也不再拒絕，而且也從來不提如何報答的話。

有一次，武承休做壽，家裡擠滿客人；到晚上，武家所有的房間，也都住滿人，田七郎和武承休就合住在一間小房間裡。家裡的三個僕人沒地方睡，也在地上鋪著草蓆睡覺。

快到半夜三更時，僕人們都呼呼大睡，田七郎和武承休還躺在床上談天。

突然，田七郎掛在牆上的腰刀，簌——一聲從刀鞘裡跳出一寸多高，並發出錚錚的聲響，閃電般吐出寒光！

武承休嚇得一愣，田七郎也從床上跳起來！

田七郎連忙問說：「床前地上睡的是些什麼人？」

武承休回答說：「都是些僕人啊。」

田七郎又說：「這裡面一定有壞人！」

武承休很訝異地問他什麼原因，田七郎說：「我這把刀是一支寶刀，殺人從不會沾血的，它在我家已傳了三代。這把刀從前也殺過上千人，但還是像新刀一樣。這把刀有個奇怪的地方，碰到壞人就會發出聲音，自己跳出刀鞘！這時，恐怕它就要殺人了。武先生，你應該小心，今後不要和壞人來往，也許可以避免意外啊！」

武承休點點頭，表示聽信他的話。然而，田七郎心裡總是不安靜，在床上翻來覆去睡不著。

武承休就勸他說：「一個人若是註定要有災禍，那麼躲也躲不開，擔心它幹什麼？」

田七郎回答說：「我別的不怕，就擔心還有母親在，她會為我擔心啊！」

武承休眨眨眼就問：「你怎會想這件事？」

田七郎此時祇是淡淡地說：「沒有事故發生，就好了。」

原來，這天晚上睡在床前的三個人，一個叫林兒，是武家老奶媽的兒子，很得武家的喜歡；一個是十二三歲的小僕人，也是武承休常常使喚的；另一個叫李應，個性最倔強，時常因一些小事而和武承休吵鬧，所以武承休對他很不滿意。武承休心中暗想，田七郎所講的壞人，可能就是指李應。

於是，第二天一早，武承休便好言好語地把李應打發走。

武承休的大兒子武紳的媳婦姓王，有天趁公公出門

御史：官名，主管糾察、彈劾等事務，類似現代的監察委員。

時，就到外頭摘了幾枝盛開的菊花。不料，林兒看見武紳的媳婦，就想調戲她。沒想到，他們在一拉一扯之間，被武紳看見，林兒衹好趕快放了她。武承休回家後聽到這件事，很氣憤地想把林兒找來，但林兒已逃得不知去向。過了兩三天，才知道林兒已逃到縣裡的一個御史家裡當僕人。

這個御史在京城裡做官，家裡大大小小的事都交給他的兄弟作主。武承休為了面子，就寫了一封信，想把林兒討回來。

但這御史的兄弟在收到武承休的信後，竟不回信，人也不還。武承休一氣之下就到縣衙去告狀。

知縣大人怕御史的權勢，雖曾假意傳問，卻不派差役去抓人。武承休正在生氣時，田七郎剛好來探問，就對田七郎說：「你那天晚上所說的話，快變成真的了。」

接著，武承休將林兒的事、御史家的態度和知縣大人的不公正，都一一對田七郎說一遍。

田七郎聽完，臉色立刻變得十分難看，一言不發地走了。

武承休又叫僕人日夜盯著林兒的行蹤。有一天夜裡，林兒回家後，被武家的僕人捉住，便被捉去見武承休，武承休痛打他一頓，林兒也惡言惡語地回罵武承休。

武承休的叔父武桓是個忠厚的長者，他怕武承休在氣頭上把林兒打死了，就勸他不如把林兒送到縣衙去。

武承休便依照叔父的話做。但剛把林兒送到縣衙，御史家裡就派人送封信給知縣大人，要保釋林兒。知縣大人也就把林兒交給御史家的人領回去。

這下子，林兒更是仗著御史的關係，而天不怕地不怕，還在大庭廣眾之下，吹牛說他如何和武紳的媳婦相好，把武承林氣得火冒三丈。

武承休氣不過，也到御史家去叫罵，幸虧被鄰居勸回來。

第二天，忽然有僕人來報告說：「林兒不知被什麼人殺死，屍體丟在荒野中！」

武承休一聽，又驚又喜，剛吐了一口悶氣，忽然御史家告了武承休和武桓一狀！

武承休和武桓只好一起去知縣大人那兒對質。但知縣大人不聽他們兩人分辯，就要責打武桓。

武承休辯白說：「殺林兒的，也不知道是誰，你又有什麼證據，硬說是我們殺的？至於到御史家去叫罵的，那是我，和我叔父沒有關係！」

知縣大人毫不理會武承休的話，氣得武承休瞪大眼睛，想衝上去抗議，但是被一群差役拉住，武家叔侄還挨了幾下打。

那些打武桓的差役，都是御史家的人，而武桓年紀已大，打到一半，就被打死了！

知縣大人一看武桓死了，也就不再追究下去。

武承休把叔父的屍體抬回去之後，真是滿腔哀痛憤怒，但是一點辦法也沒有。

這時，武承休想到田七郎，想找他來商量。可是，他又一想，家裡出了這種事，而田七郎卻不見人影，連問也不問一聲。武承休心裡不免難過：「我待田七郎不壞，而他竟一點也不關心我。」

同時，武承休又想：「難道殺林兒的是田七郎？」可是，他又一想：「果真是田七郎殺的，那麼他為何不事先和我商量一下呢？」

武承休想來想去，一點頭緒也沒有，祇好派人到田家去打聽一下。不過，田家的門已經鎖上，鄰居也不知道田七郎去哪裡。

後來有一天，御史的兄弟和知縣大人在縣衙後堂說話，正好有人送柴挑水到縣衙後堂去，忽然這個樵夫放下柴擔，抽出一把鋒利的刀子，直衝上來！

御史的兄弟看到這情況，早已嚇掉了魂，不自覺連忙伸手去擋住刀。

唰——一聲，那樵夫一刀砍下！

御史的兄弟慘叫一聲，手腕已被削斷！

接著，那樵夫又是一刀，把他的頭也割下來！

知縣大人此時已嚇得沒命地躲開。

那樵夫一時找不到知縣大人，而衙門裡的差役已把大門關起來，一起拿了武器，大叫大喊地向樵夫圍攏過來。那樵夫一看，知道自己逃不掉，就舉刀自殺。

大家紛紛跑過來一看，有人立刻認出這樵夫就是田七郎！

知縣大人知道刺客死了，才放心地走出來。祇見田七郎直挺挺地躺在血泊中，手裡還緊緊地握住那把刀。

知縣大人喘了一口氣說：「這刺客總算死了！」

於是，他低下頭去，正準備仔細察看田七郎的屍體時，突然間，田七郎從地上跳起來，一刀就割下知縣大人的頭，然後田七郎自己才又跌倒在地，死了。

縣衙裡的差役去捉拿田七郎的母親，她已逃走好幾天，再也捉不到。而武承休聽到田七郎死去的消息後，傷心痛哭了好幾天。

很多人都說田七郎的行刺，是武承休主使的。武承休衹好變賣所有的家產，向官府去疏通，才沒有罪。而田七郎的屍體被丟在荒野中三十多天，天上的鳥兒、地上的貓狗都來巡邏，守住田七郎的屍體。官司平息後，田七郎的屍體，才由武承休負責安葬。

田七郎有個兒子，後來改名姓佟，逃到山東，加入軍隊，立了大功勞而做了將軍。等他回到遼陽時，武承休已經八十幾歲，還帶著田七郎的兒子，指著田七郎的墳墓，淚流滿面地說：「你的父親，才是真正的英雄朋友啊！」

水神許親

（改寫自卷十一「纖成」）

洞庭水神原本是住在洞庭湖的。

祂時常向水上人家借船來用。如果，遇到有空的船時，船的纜繩會忽然自動解開，船就飄飄蕩蕩地自行滑出去。

然後，半空中傳來美妙的音樂聲，這時，船家就蹲伏在船艙內，閉緊眼睛聽著，不敢抬頭看。而漂流出去的船，在遊完之後，又會自動回到原來的岸邊。

一個姓柳的書生，因為上京城去考試卻沒考中，喝醉了就躺在一艘船上。突然間天空吹奏起一陣笙簫的音

洞庭：湖名，在湖南省境內，有湘、資、沅、澧四條大河流入湖中，又有好幾條河道通到長江，具有調節長江水量的功能，是我國最大的淡水湖。

笙簫：樂器名。笙由簧片、竹管和斗子三

樂聲！

船家推一推書生，但書生已醉得不省人事。

於是，船家自己便慌忙地躲進船艙底下。

不久，有人來拉那書生，但書生實在醉得太厲害，所以被那人的手一拉，人又跌倒在地上，照舊沈沈地睡著，於是那人就不再管他。

過一會，音樂聲響亮地吹奏起來，書生也微微醒了。

他迷迷糊糊地半瞇著眼，自言自語地說：「到底，到底發生什麼事呢？」

然後，他聞到空氣中有一股濃厚的香味，鑽入他的鼻子裡。他偷偷睜眼一看，祇見滿船都是很美麗的美人。

他知道自己遇上奇蹟了，於是乾脆閉上眼睛，假裝睡著。

部分組成。古時候笙是十三支管子，現代則有十七、十九、二十四、三十六支等不同。管子長短不一，管底有簧片，空氣由吹口進入斗子，再振動簧片，就會發出聲音。簫，古代的簫是排簫，用十六支或二十三支長短不等的竹管編排而成；現代的簫是單管直吹的豎笛。笙簫的聲音都很清亮悅耳。

過了一會，祇聽見有人喊著：「織成！」話聲一落，立刻有一個侍女應聲走出來，站到書生的臉頰旁邊。

她穿著綠色的襪子，紅緞的鞋子，尖瘦的腳就出現在他眼前。書生一時心動，偷偷用牙齒咬住她的襪子。一會兒這侍女移動腳步，不提防襪子被咬住，腳下一不穩，就跌倒了！

這時，書生瞥見船上的一張大椅子上，有人出聲：「織成，妳怎麼了！」

這位叫織成的美麗侍女一臉慌張，很快地爬起來，回座上的話說：「是有人咬住我的襪子，所以，我才會跌倒的……」

座上的這人一聽，十分氣憤地說：「來人啊，把這書生拿下去殺了！」

於是，當場就有武士進來，把他綑綁起來推出去。

書生看了看上面坐的人，他穿戴得像君王一樣。書生這時邊走邊說著：「我聽說洞庭水神姓柳，而我也姓柳；從前，洞庭水神曾經考試沒考上，現在的我也沒考中；洞庭水神曾經遇見一個龍女，要他帶信給龍王，因而到龍宮、娶龍女，並做了洞庭水神，我卻因喝醉酒，戲弄一個侍女而要被處死。唉，幸運和不幸怎麼差這麼多呢？」

那君王模樣的人聽見，就將他叫回來問：「你是落第秀才嗎？」

書生點點頭。

那君王模樣的人便給他紙筆，命令他馬上寫一首詩來描寫如風霧般美人的鬢髮。

這位姓柳的書生，本來就是襄陽出名的才子，可惜文思靈感來得很慢，所以提筆想了半天，仍然沒寫出半首詩來。

那人一看，就譏笑他說：「有名的才子，怎麼會這麼笨呢？」

書生放下筆來，辯白地說：「從前晉朝的文學家左思在寫三都賦時，還不是寫了十年才完成，這就說明文章主要是要寫得好，而不在寫得快。」

那人笑了笑，就不再說話。

而姓柳的書生，從早晨寫到中午，文章才寫完。

那人把他的詩拿過來一看，不覺大為讚美：「你真不愧是才子啊！」

左思：西晉臨淄人，字太沖。他的相貌很醜，口才也差，可是學問淵博，文筆很好，是歷史上著名的文學家。

三都賦：賦是一種四句或六句對偶的文體。三都賦共分蜀都賦、吳都賦、魏都賦三篇，全文主旨是論述立國的根本在政治設施而不在自然條件。相傳左思花了十年才陸續寫成，作品完成一發表，富豪貴族都搶著閱讀和抄寫，洛陽城的紙因此漲價。

於是，那人傳令下去，賞賜書生喝酒。

一下子，各種人間所不曾見過的山珍海味，都一道道地送到書生的面前。

書生也就不客氣，立刻愉快地享用起酒菜來，而且和這位模樣像君王的人聊得很投緣。

正當書生和主人談話的時候，有個人捧著一本簿子呈上來說：「該淹死的人，名單全造好了。」

主人轉過頭問一聲：「有多少人呢？」

對方回答說：「一共有一百二十八個人。」

主人點點頭，又問：「該派誰去執行這任務呢？」

對方行個禮，說：「派毛將軍和南將軍去。」

這時，書生也享用得差不多了，便起身向主人告別。

主人就送他十斤黃金，和一個水晶的界尺，然後對書生

界尺：文具，用來畫線，也就是現代通用的直尺。

說：「湖裡將會有點小災難，你拿著這界尺就可以安然避過。」

然後，書生看見一隊旗幟人馬紛紛排列在水面上，主人下船，坐上車之後，忽然一切都消失了。

過了半天，船家才敢悄悄地從船艙鑽出來。

船向北行駛，中途忽然碰上逆風，船無法前進。

一剎那，湖面上升起了一具大鐵錨！

船家驚惶萬分地大叫：「啊，毛將軍來了！」

船上的人一聽船家在叫，早已嚇成一團。

又過一會兒，湖面又出現一截直立的木頭，搖搖晃晃地浮動著。

船上的人更是驚惶失措，大聲喊叫：「南將軍也來了！」

話聲都還沒落下，轉眼間，就颳起一陣大風巨浪，浪頭高高地遮去了天日，大家朝西方一看，湖上其他的船隻都被浪潮吞沒！

姓柳的書生拿著他的水晶界尺，挺身坐在船裡，當萬丈高的波濤一接近船邊，就立刻平息下去，因此保全了性命。

回到家以後，他常常對人談起這次在洞庭湖上的奇遇。說到船上所見到的美麗女侍，就覺得雖然沒機會看見她的面貌，但裙下的那雙腳，卻是人間難得碰見的。

後來，他有事到武昌去，遇見一個姓崔的老太太在出售女兒，條件很叫他奇怪：一千兩黃金也不肯賣，但她的女兒有一個水晶界尺，如果有人有另一個同樣的水晶界尺，能和她配對，她就讓女兒嫁給對方。

武昌：市名，湖北省省會，從前稱武昌郡或武昌縣。位在漢水和長江交會處，和漢陽、漢口成三角形勢，合稱「武漢三鎮」。水陸交通四通八達，自古以來就是兵家必爭之地，也是辛亥革命起義的地點。

柳姓書生覺得這事情令人不解，便拿了自己的水晶界尺去找那老太太。

老太太很高興地接見他，而且叫她的女兒出來和書生見面。

她的女兒年紀不過十五六歲左右，長得嬌媚秀麗。這少女微微向書生打個招呼後，就轉身進到屋子裡。

書生一看，不覺被少女的美貌吸引住，立刻說：「我也有一個水晶界尺，可是不知道和妳家所收藏的是否相配？」

於是，雙方取出水晶界尺一比，結果兩個很相似。

老太婆很高興，就問書生住在哪裡，請他回去後再叫車子來接她女兒，並且留下水晶界尺做為定禮。

書生不肯留下水晶界尺，老太婆對他笑笑說：「你未免也太小心了，難道我老太婆會把你這一支水晶界尺拐了就走嗎？」

書生沒辦法，祇好把水晶界尺留下來。

他一回去，立刻租一輛車子急急忙忙的趕到老太婆的住處，可是等他走進屋子一看，老太婆和那少女已不知去向！

他大吃一驚，衝了出去，問遍附近的居民，但沒有一個人知道她們到哪裡去。

天色慢慢暗了，書生的心裡又是焦躁，又是懊悔，可是也祇好垂頭喪氣地離開。

在回家的半路上，迎面來了一輛車子，車上的簾子忽然掀開，有人探出頭來，對他叫說：「柳姑爺，你怎麼現在才來呢？」

書生一看，真是喜出望外。

因為，車子裡的人正是崔老太太！

崔老太太對他笑笑：「你一定以為我是騙子吧！你走了以後，剛好有一輛便車，我當時就想你也是在外面作客，想要租輛車子一定不容易，所以我就把女兒送到船上，她現在正在船上等你呢！」

這一說，書生趕緊朝湖邊跑去，少女和一個婢女果然坐在一艘船裡。

她們一見到他，便有說有笑地來迎接他。

書生看見這少女也穿著綠襪紅鞋，和上次在洞庭湖船上見到的那個女侍粧扮得一模一樣。他心裡很訝異，忍不住地盯著少女看。

少女這時笑著說：「這樣瞪著我看什麼？難道說，

你這一輩子從沒見過我嗎？」

書生此時又低下頭來一看，發現她的襪子依稀留著他咬過的牙齒痕跡。

他吃驚地叫說：「啊！妳，妳就是織成吧！」

少女掩著嘴微微一笑。

他高興萬分地說：「如果妳就是織成，請妳馬上直說，免得我猜疑。」

少女回答說：「老實告訴你吧，你前回所遇見的，正是洞庭水神！當時，祂很敬仰你的文才，就想把我許配給你，但是我是王妃最疼愛的侍女，所以祂必須先回去和她商量一下才行啊。我這次能來，就是王妃答應了呀！」

書生真是欣喜萬分，立刻焚香跪拜，虔誠地對著洞

依稀：不清楚的樣子，好像。

庭湖的方向拜了又拜，然後和織成一起快快樂樂地回家去。

蛇人

（改寫自卷一「蛇人」）

有個人，他專門靠著玩蛇為生，所以大家都叫這種在大街小巷，玩蛇以贏得觀眾賞錢的人為「蛇人」。

他養了兩條十分溫馴的蛇，身上都是青色的；大的叫大青，小的叫二青。牠們都如此的靈巧可愛，因此在表演時，深受觀眾的歡迎，尤其是二青，牠的額頭上有一粒紅點子，又特別靈活聰明，玩起來會上下盤旋，非常聽從玩蛇人的指揮，所以蛇人對二青的喜愛，也勝過對任何一條他曾經養過的蛇。

過一年，大青死了，蛇人想再找一條蛇來補大青的缺，可是總沒空去找。

一天晚上，蛇人在一座荒郊野外的寺院裡過夜，隔天天色一亮，他打開裝蛇的竹箱一看，不覺暗叫一聲：「啊！糟糕！」

原來，竹箱中的二青不見了！

他十分地失望和懊惱，立刻到處去尋找，大聲地呼叫，但是二青好像憑空消失一般，連個蹤跡也沒有。

然而，他想到在以前，每到曠野樹密草長的地方，也經常把蛇放出去，讓牠們自由輕鬆活動一下，而牠們去了也通常會自動回來，所以他還希望二青也能自動回來，所以就坐在寺院裡等牠。

不過，等到太陽已升得很高了，他開始感到失望，便沮喪地打算離開。

不料，才走了幾步，祇聽得一叢柴草中，發出悉悉索索的聲音。

他驚異地停下腳步，仔細一看，差點高興地大叫出聲！二青回來了！

他高興地像小孩子一樣，連忙彎下腰去看牠。

這時，他又發現，在二青後面，還跟著一條小蛇。

他撫摸著二青，愛惜地說：「二青，你終於回來了，我以為你從此一去不回呢！喔，這小伴侶是你介紹來的吧？」

說著說著，他拿出食料來餵二青，同時伸手想把食料餵給那條小蛇吃。那條小蛇雖然沒走開，但是也畏畏縮縮地不敢來吃。

於是，二青把食料含在嘴裡去餵牠，那樣子就像是主人很誠心地請客人吃飯一樣。

小蛇吃過一次後，當蛇人再拿食料餵牠時，牠就肯吃了。餵好食料後，小蛇便跟著二青一起爬進竹箱裡。蛇人不覺自言自語說：「牠們真是一對好朋友啊。」

於是，蛇人便帶牠們去訓練，那條小蛇也表現得非常靈巧，不論是盤旋或爬行曲折，都很叫蛇人滿意。所以他就叫牠為「小青」，並帶著牠們一起到各地去表演，也賺了不少錢。

大抵來說，蛇人所玩的蛇，祇能以兩尺長為限，再大的蛇身體就太重，那便要換新的較小的一條了。可是二青表現得非常好，而且熟練，所以蛇人不忍心立刻把牠淘汰。

兩三年以後，二青已長到三尺多了，當牠躺在竹箱裡，便把竹箱塞得滿滿的，於是蛇人決定把二青放走，讓牠自由自在地生活。

有天，蛇人走到某個地方的山上，把二青拿出來，餵了牠一頓很豐盛的食料，就把牠放走。蛇人在牠走時，還祝禱了幾句：「二青，你可以走了，謝謝你這些年來的貢獻，我祝福你能永遠生活得無憂無慮。」

但是，二青走了一會，竟然又轉回來，在竹箱外蜿蜒地爬行著不離開。

蛇人揮揮手，對二青說：「去吧！天底下沒有不散的筵席，今後你藏身在荒山大谷中，一定可以修練成一條龍的，怎麼可以留戀這小小的竹箱呢？」

二青像能聽懂蛇人的話似的，吐吐舌信，便走了。

蛇人目送著二青離去。不久，二青又回來了，這一次趕牠走，牠就是不走，而且把頭碰著竹箱。小青也在竹箱裡翻來覆去。

蛇人看了半天，才恍然大悟地說：「哦，你是要和小青告別吧？」

於是，他把竹箱中的小青也放出來，兩條蛇交頭吐舌，好像在互相告別一般。

可是，接著二青和小青都一起走了。

蛇人以為這回大概連小青也不會回來，但過不久，小青又孤零零地回來，並爬入竹箱中躺下來。

二青走了以後，蛇人一直想找一條好蛇來代替牠，卻找不到一條合適的。

慢慢的，連小青也長大了，蛇人感覺到小青越來越重，在表演時，牠攀爬在他身上也越來越叫人吃不消。後來，蛇人雖然得到一條還算不錯的蛇，但始終趕不上小青這麼靈巧。而這時候的小青，已經長大到比小孩子的手臂還要粗了！

當二青被放回山裡之後，當地的許多樵夫都常常看見牠；過了這些年，二青已長成幾尺長、像碗口那樣粗了。牠常常竄出來趕人，因此來往於附近的客商都很害怕地互相告誡，不敢經過那附近。

這一天，蛇人無意間路過那裡，猛然間，四周像颳起一陣巨風似的，情形十分可怕！

蛇人不禁皺起眉頭：「這到底發生什麼事？」

然後，一條大蟒蛇已颼地一聲竄了出來！

蛇人嚇得拔腿就逃！但他跑得快，大蟒蛇追得更快；

客商：運送貨物往來各地隨時銷售的商人，也就是沒固定店面、四處流動的商人。

他逃得急，大蟒蛇追得更急！他實在嚇死了，回頭一看，不自主地喊叫：「救命啊！」

因為，他這一回頭，發現大蟒蛇已追到身後來了！

忽然，蛇人發現大蟒蛇的額頭上，清清楚楚地有一粒紅點子，這才令他想起一件事：「這不是二青嗎？」

於是，他放膽地喊叫：「二青！二青！」

大蟒蛇一聽，忽然也停下身來，昂舉著頭看了蛇人半天，才跳起來纏繞著他，像從前表演的動作一樣。

蛇人雖然這時已確定牠是二青了，但被牠纏繞在身上時，覺得牠的身體實在太重，纏得他呼吸都快透不出來。他跌倒在地，喊著：「二青啊！你現在實在太重，都快把我壓扁了，我透不出氣來啊！」

二青一聽，才鬆開了他。

接著，二青又用牠的頭去碰碰蛇人的竹箱。蛇人已知道二青的意思，就打開竹箱把小青放出來。

二青和小青一見面，立刻又互相交纏起來，半天也不願分開。

蛇人看了很感動，就對小青說：「小青，我早就想和你告別，因為你也長大了。現在正好，你有老伴侶，我還有什麼不放心的呢？」

然後，蛇人又對二青說：「小青原來就是你帶來的，現在還是你帶回去吧！但我最後還要告訴你一句話：深山裡有的是食物，千萬別傷害過路的人，免得遭到天神的處罰，你懂嗎？」

兩條蛇都垂下頭，好像接受蛇人的勸告。

然後，二青在前，小青在後，兩條蛇就走了，當牠們穿過樹林的時候，祇見樹幹嘩嘩向兩邊歪斜，樹葉都紛紛掉落下來。

蛇人站著眺望牠們離去，一直到看不見時才走開。從此，從附近經過的行人客商都能平平安安地往來，也不知道蛇到哪裡去了。

八大王

（改寫自卷六「八大王」）

有位姓馮的書生，他原本是富貴人家的兒子，後來家道衰敗，馮書生也落魄了。

有一個釣鼈的漁夫欠馮書生一些錢沒還，於是常常釣鼈送給馮書生來抵債。有一天，這漁夫送給馮書生一隻巨大的鼈，牠額頭上有一顆白點子很特別，馮書生覺得這隻巨鼈的樣子很奇特，便將牠放生。

這事情過了很久以後，馮書生早已忘記有這回事。有一天，他從女婿家回來，經過恆河邊的時候，天色已

落魄：窮困不得意。

鼈：爬蟲類動物。背甲是灰黑色，腹甲是淡黃或白色，體長約十五至十八公分，生活在溫熱帶的江、湖、池塘、沼澤，晝伏夜出，捕食魚蟲，是東方人心目中的補身珍品。牠還有一個難聽

很昏黑，祇見前面來了一個醉漢，還帶著幾個僕人，一顛一簸地走過來。

這醉漢遠遠地看見馮書生，就大聲地問：「誰？」

馮書生覺得這醉漢一點禮貌也沒有，便隨口答說：「過路的！」

想不到那醉漢竟發起脾氣來，大叫一聲：「什麼？過路的？你連個姓名也沒有嗎？」

馮書生因為急著趕回家去，一聽這醉漢發脾氣，也懶得理他，便從他身邊走過去。

那醉漢一看馮書生對他不理不睬，越動了肝火，立刻拉住馮書生的袖子，不讓他走，而且醉漢滿嘴的酒臭味熏得馮書生差點要嘔吐。

馮書生這時也不耐煩了，拚命想掙脫醉漢的手，但

的俗名：王八，本篇是敘述鼈報恩的故事，所以篇名叫「八大王」。

恆河：即恆水，在河北省曲陽縣西，源出恆山。

肝火：怒氣。中醫以心、肺、肝、腎、脾五臟和火、金、木、水、土五行配合；肝屬木，木遇火就會燃燒，所以用來表示怒氣。

掙不開。

情急之下，馮書生沒好氣地說：「你到底是誰啊！怎麼可以拉住我，不讓我離開？」

那醉漢昏昏顛顛地喃喃說：「我啊，我是前任的南都縣太爺，你想怎樣！」

馮書生生氣地大叫：「天底下哪有你這種縣官？真是太丟人了！幸好你衹是前任的縣官，如果是現任的縣官，豈不是所有在路上行走的人都要遭殃！」

那醉漢被馮書生一頂嘴，怒火更是冒了上來，便動手要打他！

馮書生也不甘示弱，大喊說：「哼，我姓馮的也不是好惹的，要打就打吧！」

那醉漢一聽他說出自己的姓名，滿面怒容立刻變成

南都縣：唐時設置，即現代湖北省江陵縣。

驚喜，急忙跪拜下去，嘴裡還說：「原來你是我的恩人，請原諒我剛才冒犯您！」

馮書生一聽，反而迷糊了：「你說什麼？你沒認錯人吧？我根本不認識你！」

醉漢答說：「恩人啊，你當然不認識我，可是我卻認得你，一點也沒錯，就是你！」

馮書生更迷惑了：「你在開玩笑吧？」

醉漢說：「我不是開玩笑，等一下你就知道了！」說完，醉漢站起身來，吩咐僕人先回去準備酒宴，說要請馮書生吃飯，馮書生推辭不掉，祇好跟著他走。

兩人走了幾里路，來到一個小村落。進了醉漢的家裡，馮書生一看，這房子真漂亮豪華啊，好像是富貴人家住的。

醉漢這時的酒意已醒了一半，他請馮書生坐下，馮書生問：「你到底是誰啊！」

醉漢這時才說：「我說出來你可別害怕啊！我就是洮水中的八大王，你還記得嗎？好幾年前你放生了一隻巨鼈，我就是那隻巨鼈啊！剛才我喝醉酒，冒犯了你，實在很不好意思！」

馮書生哦了一聲，才想起當年放生巨鼈那件事。同時，他已知道對方是鼈精，但察看對方的神情語氣，顯然沒有加害他的意思，所以也就不害怕。

不久，豐盛的酒宴擺好了，八大王請馮書生坐下來歡飲。

八大王的酒量很大，一喝就連喝幾大杯。

馮書生怕他再喝下去，會又不講理起來，便假裝喝醉酒，想先去歇息。

但八大王已看出馮書生的心意，就笑著說：「你難道是怕我再發酒瘋不成？哈哈哈，你可以不必擔心啊！凡是喝醉酒而裝瘋的，說第二天記不起隔夜胡鬧的事來的人，不過是騙人的而已。喝酒的人都沒有好品格，十個有九個總是在酒醉後要鬧事的。我雖然喝酒，被朋友看不起，可是還不至於對你這樣厚道的人耍無賴啊，你又何必推辭說不能再喝，裝著要睡覺了呢？」

馮書生聽他說的如此誠懇，才又坐下來。

但是他很嚴肅地勸八大王說：「你既然自己知道喝酒會誤事，為什麼不改過？」

八大王答說：「我從前做縣官時，比今天更喜歡喝酒；自從因為酒醉誤了大事，觸怒天上的玉帝，把我撤職趕回荒島之後，就痛改前非，戒了十多年。現在啊，我老了，也快死了，再加上遭遇不好，也沒有什麼大志向，所以喝酒的老毛病又犯了。現在，我決定聽你的話，把喝酒的毛病改掉！」

這樣，兩人談談說說，不覺天明。

八大王站起來，拉住馮書生的手臂，說：「我們就要分手了，為了報答你的恩惠，我要送你一件東西。不過，這東西不能在你身上待太久，等你的願望滿足之後，便要將它再還給我。」

說完，八大王從嘴裡吐出一個一寸多長的小矮人。他一手用指甲掐住馮書生的臂膀，掐得馮書生的手臂像要裂開一般；而另一手急忙將那小矮人按在馮書生手臂已掐破的地方。等八大王放開手時，那小矮人已經鑽入馮書生的手臂皮肉中。接著，小矮人鑽入的地方又慢慢的腫起來，腫成一塊，像喉結似的。

馮書生吃驚地問：「這是怎麼回事？」

八大王笑笑，但沒回答，衹說了一句：「現在，你可以走了。」

於是，八大王便送馮書生走出門去，然後他自己也回身進屋。

馮書生回頭一看，村落房子都已不見，衹有一隻巨鼈，笨頭笨腦地爬進水裡，然後消失。

馮書生驚愕了半天，心裡知道自己手臂裡的東西，一定就是人們所說的「鼈寶」。

而自從得了鼈寶之後，馮書生的眼睛立刻有一種奇異的透視力！

喉結：生理學名詞。男子的喉頭中部有一個甲狀軟骨突起，稱為喉頭隆起，俗稱喉結。

凡是有珠寶的地方，哪怕是埋藏在地底下，他都能看得見；而且即使是從來不知道的東西，他也能隨口說出它的名字來！

馮書生首先在他家裡睡覺的床下，從地下挖出幾百兩金銀，於是他很快就變得有錢起來。

後來，有一戶人家要賣掉一棟老房子，馮書生看出那座老房子的地下藏有無數的金銀財寶，便出了高價把老房子買下來。

從此，馮書生過得像王公大臣一樣富裕，擁有各種稀世的寶物骨董。馮書生還得到一面寶鏡，那寶鏡背面刻著一隻鳳，鏡子邊緣的花環上還刻著湘妃和雲水的圖案，寶鏡閃出亮光，可照到一里多遠的路，並清清楚楚地照出一個人的眉毛和鬍子！而且，如果拿這寶鏡去照

湘妃：湘水女神。相傳舜帝死在蒼梧，他的兩個妃子娥皇、女英跳進湘水自殺，成為湘水的女神，也稱湘君或湘夫人。

肅王府：明太祖封他第十四個兒子朱楧為肅王，本篇中的肅王是他的子孫。

崆峒山：河南、江西、四川、甘肅都有崆峒山。這裡指的是甘肅省平涼縣西方的崆峒山，據說黃帝曾在這裡向廣成子（神仙名）請問「道」的意義。

一照美女的話，會把美女的容貌留在鏡面上，擦也擦不掉，除非那美女改粧，重新照過一次，或者再照另一個美女，那麼原先所照的那個美女才會從寶鏡中消失掉。

當時，肅王府有一個三公主，她長得很美麗。馮書生早就聽過這件事，而且很愛慕她。剛好，有一天三公主到崆峒山去遊玩，馮書生便躲到山裡，等三公主下轎的時候，把她的影像用寶鏡照回來。

馮書生回到家後，把寶鏡放在桌子上仔細地看，便看見三公主在鏡子裡——她捏著手帕微笑，嘴巴像要說話的樣子，而且眼波還在閃動呢！馮書生這一看，就更加喜歡她。

過了一年，馮書生的太太把這件事說出去，結果這件事又傳到肅王的耳朵裡。

肅王聽了非常氣憤，立刻派人將馮書生捉起來，同時也將寶鏡沒收，然後把馮書生判了重罪——斬首！馮書生重重的賄賂肅王府裡的人，請他們傳話給肅王：「大王如果肯赦免我，那麼世界上最珍奇的寶物都可以得到手；否則我死就死了，對大王也沒什麼好處。」

肅王想把馮書生的家抄了，然後再把他送到邊疆去充軍，但是三公主說：「他已經偷看了我，我死也不能洗清這汙點，您就讓我嫁給他吧！」

肅王一聽更不高興，一口回絕！於是，三公主便把自己關起來，而且絕食抗議。王妃怕三女兒真的絕食尋死，便竭力苦勸肅王，肅王才把馮書生放了。

同時，肅王又派人告訴馮書生，要把三公主許配給他。但是馮書生拒絕了，他說：「我不能把原來的太太

抄：搜索沒收。

充軍：古代刑法之一：宋代是把罪犯分配到軍隊或官辦的工作、生產單位服勞役；明代是把罪犯分配到邊遠的駐軍或沿海及有瘴氣的地方服勞役。

拋棄，否則我寧可死；如果大王讓我自己來贖罪，就算傾家蕩產我也願意。」

肅王心想：你這臭書生真是不知好歹，要把三公主許配給你，你還不肯；別人想娶她，我還不願意呢！真是不知好歹的小子！

肅王越想越氣，又將馮書生捉起來！王妃心想：既然這馮書生不肯放棄原來的太太，那麼就把他太太召進王府來，把她毒死算了！

可是，當王妃把馮書生的太太召進王府後，她便獻給王妃一座珊瑚的鏡台，博取王妃的好感；何況，王妃一聽馮書生的太太答話時那麼溫和可憐，也就忘了要毒死她，反而喜歡她。同時，王妃又叫她去參見三公主，三公主也很喜歡她，與她結為姐妹。

王妃又派人將這事情告訴馮書生。

馮書生警告太太說：「三公主是金枝玉葉，不論如何都要做大的。」

可是，他太太才不管這些呢！她一回到家，立刻整理了許多的聘禮送到王府去定親。光是運送聘禮的，就有一千多人，其中有許多珍奇寶貝，連肅王家裡的人都叫不出它們的名字呢！

肅王一看這些珍奇寶貝，非常高興，立刻將馮書生放了，並將三公主嫁給他。而那面寶鏡仍然由三公主帶到馮書生家裡。

有天晚上，馮書生睡著後，忽然夢見八大王又來找他。八大王對他說：「送給你的東西，應該還給我了吧。這東西如果在你身上留太久的話，會消耗你太多的精力，減少你的壽命。」

馮書生便答應了。

然後，馮書生又留下八大王一起喝酒，八大王辭謝說：「自從聽了你的勸告之後，我就已戒酒三年了。」

說完，八大王用嘴咬馮書生的手臂！

馮書生立刻感到手臂一痛，人便從睡夢中醒過來。他低頭一看，手臂上那塊如喉結的突出東西已經消失。從此以後，馮書生變成和平凡人一樣，再也不具有透視的眼力了！

異國龍宮記

（改寫自卷四「羅刹海市」）

馬駿是一個商人的兒子，他長得英俊瀟洒，又喜歡歌舞，所以常跟戲班子在一起，把自己打扮成小旦。他十四歲時就考中秀才，於是名氣更響亮了。

有一天，父親告訴他說：「我已經年老退休，而你讀了幾本書，餓了不能當飯吃，冷了又不能當衣穿，我看你還是學做生意吧。」

馬駿聽父親的話，開始學起經商。有一次，馬駿跟別人出海去做生意，卻遇上颱風，船就在海上毫無目標

小旦：戲劇中扮演女子的角色叫做「旦」；小旦所扮演的角色是個年輕女子。

地漂了幾天幾夜，最後來到一個很奇怪的地方。

這地方的人都長得很醜，所以當他們看見馬駿這麼英俊的人時，都以為妖怪來了，就大聲大叫地逃跑！馬駿開始時，覺得這地方的人太醜，心裡很害怕；後來，他發覺這地方的人反而很怕他，如果他看見有人正在吃飯，他就跑過去，別人一見到他都嚇得沒命的逃跑，馬駿便有東西可吃。

慢慢的，馬駿從城市裡走到山村。山村裡的人，長得還好看一些，不過凡是模樣較為端正些的人，卻都是穿得破破爛爛的，像乞丐一樣。起先，村裡的人也很怕馬駿，祇敢遠遠地看著他，後來時間一久，就覺得馬駿並不是妖怪，才稍稍敢和他接近。

馬駿便笑著和村裡的人聊起來，彼此的言語雖然不同，但是大半可以相通。馬駿將自己的來歷告訴他們，村裡的人很高興，便到處通知左鄰右舍，說他不會吃人。可是，村裡很醜的人還是不敢和馬駿接近；敢接近馬駿的人，都是些五官長得和中國人差不多的，他們搬出食物來款待馬駿。

馬駿問：「你們為什麼怕我？」

他們說：「我們曾聽祖先說過，在離這兒西邊二萬六千里的地方，有一個中國，那裡的人長得很奇怪；以前祇是聽祖先這樣說說而已，今天才知道這事一點也不假。」

馬駿又問：「你們為何這麼貧苦？」

他們回答說：「我們國家所重視的，不是學問好不好，而是長得醜不醜。你知道嗎？在這裡是最美的當大官，稍微醜一點的當地方官，再醜一些的也能獲得大官們的喜愛，能豐衣足食哩！像我們這些人，一生下來就醜，父母都認為不吉利，往往把我們丟下不管，所以我們都是很貧苦的。」

馬駿很不解地又問：「那這裡叫什麼呢？」

他們說：「這裡叫大羅剎國，京城在北方，距離這裡有三十里遠。」

馬駿好奇地要求他們帶他去京城見識一下，於是第二天一早，他們便帶著馬駿出發，在天亮時到達京城。

祇見京城都是用黑黑的石塊砌成牆頭，樓房有十多丈高，很少使用瓦片，上面都蓋著紅石頭。如果拾一塊紅石頭在指甲上一塗，顏色是很鮮紅的。

馬駿和他們進城時，正巧碰到文武百官退了早朝，

早朝：皇帝在早晨聚集臣子，一方面接受臣子參拜，同時討論政事，叫做「早朝」。

其中有個大官首先走出來。村人就指著這位大官，告訴馬駿說：「這個人是宰相。」

馬駿一看這位宰相，覺得他長得實在太奇怪了：兩個耳朵是背反長著，有三個鼻孔，睫毛蓋在眼上像一扇窗簾似的。接著，又有幾個騎馬出來，村人告訴馬駿說：「他們是大夫。」然後，又一個接一個的指著告訴馬駿，他們是什麼官。而他們的面貌都長得奇形怪狀，馬駿怎麼想也想不到他們竟是長得這麼難看。反而是官職越小的人，長得越好看些。

等到馬駿要回去時，京城裡的人見了他都嚇得又叫又逃，像遇見妖怪一樣。等回到村子裡，全國的人都知道村子裡來了一個怪人。於是，所有的大官都搶著想看馬駿一眼。

宰相：官名。他的職責是幫助皇帝統領所有官員，治理天下大事，是中央政府除皇帝之外權勢最大的官。

大夫：官名。這是我國歷代朝廷中的重要職位或顧問，也是一種爵位，用來封贈擔任文職的閑散官員。

終於，這些大官叫村人邀請馬駿到自己的家裡來坐坐；可是等到馬駿到達了，家家戶戶又緊緊地關上門窗，祇敢從門縫中偷看。結果，一整天下來，沒有一個人敢請馬駿進屋子裡去。

村子裡的人一看這情形，便對馬駿說：「我們這裡有位已退休的官員，他曾經在前代國王時到外國去當過使節；他見過的人一定很多，也許他不會怕你。」

馬駿一聽，便去拜訪那個官員。他果然很高興，將馬駿當成貴賓。馬駿看看他，他大約有八九十歲，眼珠子突突的，鬍鬚也很蜷曲，他對馬駿說：「我年輕時，奉國王的命令到外國出使了許多次，就是沒到過中國。唉，現在我已活到一百二十多歲，竟然能見到你們大國的人。我想這件事我不能不向國王報告一下，這樣吧，我明天一早就跑一趟，去向國王說你來了。」

這些話一說完，就大擺宴席恭敬地請馬駿上座。酒喝到一半時，又叫了十多個歌女出來跳舞唱歌，這些歌女都長得像母夜叉一樣的醜，頭上纏著白布，紅衣服則一直拖到地上。她們唱的不知是什麼內容，腔調也十分滑稽奇特。

那官員聽得很愉快，便轉頭問馬駿說：「中國也有這種藝術嗎？」

馬駿笑了笑答說：「當然有的。」

那官員立刻請馬駿模仿一兩句試試，馬駿也就不客氣，他又是敲著桌子又是打拍子，唱了一曲。那官員聽得很開心，就嘆息地說：「真是妙極了，中國的歌曲真是美啊，我們這裡從來沒聽過這麼美妙的歌曲哪！」

母夜叉：女性夜叉。夜叉是一種性情凶惡，動作快速的鬼，所以通常用母夜叉形容凶悍的女人。

隔天一早，那退休的官員上朝向國王說了一遍，國王一聽很興奮，立刻下令請馬駿前來。但是，有兩三個大臣向國王報告說：「這個馬駿長得很奇怪，國王若要見他，恐怕會把國王您嚇著了！」

國王一聽，也對，於是又停止召見。那退休的官員回到村子後，把這事情告訴馬駿，同時也為國王沒有召見馬駿而感到可惜。

馬駿在那官員家住了一段日子。有一天，他和那官員一起喝酒，有一點酒醉，便拿把劍舞起來，並且用煤烟塗上臉，打扮成張飛的模樣。

那官員一看馬駿的打扮，覺得真是好看極了，便說：「你就用張飛的模樣去見見宰相吧！宰相見你這樣子，一定會重用你，你就不難當上大官了！」

張飛：東漢末年河北涿郡人。力大威猛、勇敢善戰，是三國時代蜀漢著名的猛將。《三國演義》形容他的長相是：身高八尺，豹子頭、銅鈴眼、老虎鬚，聲音像打雷，氣勢像馬在奔跑，真是個英雄。

這時馬駿卻苦笑地說：「逢場作戲還可以，怎麼可以拿面孔去換榮華富貴呢？」

可是那官員再三的勸他，馬駿才答應。

於是，那官員便大擺宴席，請了許多大官來家裡喝酒，又叫馬駿預先將面孔塗黑等著。不久，客人都到齊了，那官員便叫馬駿出來見見這些大官們，那些大官一見到馬駿，都很吃驚地說：「真是怪事，以前那麼醜，怎麼現在變得漂亮起來？」

話雖然這麼說，卻又和馬駿很親熱地聊天喝酒。馬駿興起，在宴席中又唱又舞的表演了一支戲曲，也博得滿座大官的佩服。

第二天，這些大官紛紛在國王面前說馬駿的好話，國王就以很隆重的禮節召見他。見面後，國王問說：「中下大夫：古時候的官名，是卿和士之間的官階。

國的情況如何？」

馬駿也有條有理地對答一番，國王一聽大為獎賞，便在自己的王宮內設宴招待馬駿。然後，馬駿又親自為國王表演一段很優美的音樂，國王開心極了，立刻封馬駿為下大夫。以後更不斷地請馬駿到宮裡去喝酒，非常的寵信他。

但是，日子久了，大官們又覺得馬駿的面貌是假扮出來的。而馬駿每走過一個地方，便聽到許多人在竊竊私語地批評他，誰也不大和他親近，使馬駿覺得很孤立。而且老是扮著假面貌，自己內心裡也不安寧，於是奏請國王允許他辭職。國王不答應，然後馬駿祇好請假休養，國王就給他三個月的假期。

馬駿有了假期，便乘著車子帶著國王賞賜的財寶，回到山村裡。村人都跪著來迎接他，馬駿便分些錢給那些人。那些村人高興得謝天謝地，就說：「我們是鄉下人，你這樣賞賜我們，我們明天就到海市去採買些珍奇的物品來送給您。」

馬駿奇怪地問：「海市？海市在哪裡？」

村人說：「海市就是海裡的市場呀！你不知道啊，四海的鮫人把珠寶都運來趕集，四方十二個國家都有商人來呢！海市還有神仙，一會兒滿空雲霞，一會兒又是波浪滔天的。許多大官為了保重身體，不敢輕易去冒險，便把錢交給我們，替他們採買些奇珍異寶回來。喔，最近還有一次市集呢！」

馬駿詫異地又問：「你們怎知道哪天趕集呢？」

村人回答說：「這很簡單啊，祇要看見海上有紅色

海市：在海上利用島嶼、船隻結集成市場來做買賣，叫做「海市」。

鮫人：傳說中居住在海底的怪人，他們很會編織，哭泣時流下的淚珠會變成珍珠。

趕集：從前偏遠地區沒有固定的商場，買賣必須要約定時間、地點；時間久了，附近人民就會在一定時間、地點集中交易，叫做「趕集」。

的鳥兒來來往往地飛著，過七天就有趕集了。」

馬駿便問了趕集的日期，並要求村人帶他去玩玩。但村人再三的勸他：「您可別去冒險啊，要保重身體。」

可是馬駿很堅持地說：「我本來就是出外旅行的人，還怕什麼風浪的危險？」

到了市集那天，馬駿就跟著村人們上船。船在海上航行了三天，忽然遠遠地看見在浪潮和雲霧當中出現樓台亭閣！去趕集的船隻像螞蟻似的，全湧向那兒去。不久，馬駿他們便來到城下，祇見城牆上的磚頭都和人一樣高，城樓高聳直入雲霄。

他們走進城裡後，所見的都是人間見不到的奇珍寶貝。忽然，一個年輕人騎了一匹駿馬走過來，街上的人都紛紛走避，說他就是三太子。那太子一看見馬駿，就問說：「咦，你不是這裡的人吧？」

馬駿對他敬個禮，說明姓名和家世。三太子很高興地說：「既然你是遠道而來的，那我們的緣份可不淺！」

於是，三太子便給馬駿一匹馬，請他一道去玩。

馬駿隨著三太子出了城，來到島邊的岸上，他們所騎的馬一下子就朝海裡跳下去，嚇得馬駿驚叫起來。其實，就在馬向海裡跳時，海水已分開成一條道路來，兩旁的海水像牆壁似的直直的聳立著。

走了一會，便看見一座用玳瑁作梁柱，大魚鱗作瓦，四壁都是透明水晶的宮殿！他們下馬走進宮中，抬頭一看，宮中正殿坐著的竟是龍王！

三太子上前稟告說：「我在海市遊玩時，遇見這位

玳瑁：爬蟲類動物，外形像龜和鱉，棲息在熱帶沿海。它的背甲是黃褐色，腹甲是黃色，可做成名貴的裝飾品。

水晶：礦物名稱，一種無色透明的石英，可以用來製作光學儀器的透鏡、稜鏡，也可以琢磨做成寶石飾物。

中國的學者，現在帶他來參見大王。」

馬駿也上前參拜。

龍王點點頭說：「先生既然是學者，一定會寫很漂亮的文章，現在想請你寫一篇形容海市的文章，請別推辭。」

馬駿答應了。龍王便交給他水晶硯、龍鬚筆、雪一般光潔的紙、帶著蘭花香的墨，馬駿當場立刻做成一篇千把字的文章呈給龍王。

龍王讀了之後，大為稱讚：「先生真是有文才啊！你的這篇文章使我們增光不少！」

於是，龍王集合龍子龍孫，陪著馬駿一起喝酒。喝了幾杯之後，龍王舉杯向馬駿說：「我有一個女兒還沒有許配給人，很願意和你結親，不知你肯不肯？」

馬駿站起來，滿懷感激地答應了。

不久，幾個宮女扶著公主出來，在悠揚的樂聲中，他們行禮結婚。馬駿偷偷看公主一眼，發現她美得像神仙一般。

公主在行完禮後退下去。不久，酒席也散了，馬駿走進洞房一看，洞房裡有一張珊瑚床，上面裝飾著各種寶物，帳子外吊著斗大的大明珠，床褥又香又軟。

天亮後，馬駿立刻去向龍王請安。

龍王封馬駿為駙馬都尉，並把他寫的文章傳送給各個海洋，各地的龍王都派專人來賀喜，並紛紛發出請帖請馬駿去飲酒。於是，馬駿穿著華麗的衣服，騎著青龍，離了王宮，幾十個武士跟著他，一個個掛著弓箭、拿著雪亮的武器，簇擁在馬駿前前後後，樂隊立刻一路演奏。

洞房：新婚夫婦的臥房。

珊瑚：海洋中的腔腸動物，群體構成樹枝形狀。它的骨骼可供製成名貴飾物。

駙馬都尉：官名，皇帝的女婿。魏、晉以後，凡是娶皇帝的女兒的，都封官為駙馬都尉，簡稱駙馬。

像這樣在各地的龍王那裡遊歷了三天，馬駿的名氣，也在各個海洋傳開。

宮裡有一株玉樹，樹幹像白玻璃，透明得發光，中央有一圈淡黃色的樹心；它的樹枝比手臂還細小一些，樹葉像碧玉，有銅錢那麼厚，當光線透過樹葉後，就灑得滿地濃陰。馬駿和公主經常在這株玉樹下唱歌吟詩。

這株玉樹開滿像繡球的花朵，如果有一瓣花瓣掉下來，就會在地上發出非常清脆的聲音；把它拾起來一看，花瓣就如同紅色瑪瑙雕成的一樣，鮮明又美麗。而且，有一種奇異的鳥兒飛來啼鳴，牠有著金綠色的羽毛，尾巴比身子還長，啼聲像一曲哀傷的音樂，使人心醉。

而馬駿每次聽到這種鳥兒的叫聲，就不禁懷念起自己的家鄉。所以，馬駿就對公主說：「我離開家鄉已經

瑪瑙：礦物名。在岩石空隙中形成，由於間歇性的沈澱作用，所以成帶狀，有紅、黃、白、灰等色層，色彩美麗，可供製成裝飾品及研缽等。

三年，很久沒見到父母親了，如今一想起來就很難過，妳是不是能跟著我回去呢？」

公主明白他的心情，但是說：「神仙和凡人所居住的地方是兩個不同的世界，但我也不忍心為了我們夫妻的恩愛，影響你們父子間的歡樂；這樣好了，讓我慢慢替你想辦法吧。」

馬駿聽了，衹是不斷的流淚心傷。公主這時也嘆口氣說：「要兩方兼顧是不可能的啊。」

第二天，當馬駿由外面回來後，龍王問他：「我聽說你很懷念家鄉，明天啟程回去探望一下好不好？」

馬駿十分高興，立刻拜謝說：「我是一個流浪漢，承蒙大王這麼愛護，這種大恩我深深記得，我回去探望父母後，會很快回來的。」

當天晚上，公主準備了酒菜為馬駿送別。

馬駿想約定一個再相會的時間，但是公主說：「我們的緣份已盡。」

馬駿聽了，萬分難過。公主又說：「你想回去奉養父母，表示你是個有孝心的人。可是，天下無不散的宴席，就算一百年也很快就會消失，你又何必傷心呢？祇要分別後，你還一心愛我，我還一心愛你，那麼雖然兩人不見面，兩顆心卻在一起，這和天天相處在一起有什麼兩樣呢？何必要天天在一起才叫白頭到老呢？不過，如果你變心而另外娶妻，那你的婚姻一定會不愉快的。所以，假如你怕家裡沒人照料，可以收一個婢女伺候你。哦，對了，有件事要告訴你，我好像懷孕了，請你預先給孩子取個名字吧。」

馬駿回答說：「如果生女的，就叫『龍宮』；如果生男的，就叫『福海』吧。」

然後，馬駿把在大羅剎國得到的一對紅玉蓮拿出來，當成證物交給公主。公主說：「三年以後的四月初八，請你坐船到南邊的島上等候，我把孩子送還給你。」

說完，公主用魚皮縫了一個口袋，裡面裝滿珠寶，交給馬駿，說：「好好收著，這些東西夠你幾輩子吃用不完！」

第二天，天剛亮時，龍王就設宴給馬駿送行，同時又送他許多禮物。馬駿辭別龍王，出了龍宮，公主乘著白羊車送他到海邊。馬駿在岸上下馬，公主再三叮嚀他保重身體後，就乘車回去了；不久，車子走遠，兩旁的海水又恢復原狀！

羊車：古代皇宮內所乘的小車。羊，通「祥」，是吉祥的意思。

自從馬駿出海失踪後，家人都以為他死了。等馬駿回到家，家裡個個都很吃驚；幸虧父母還健在，衹是太太早已改嫁，這時馬駿才知道公主叫他不要再愛別人，是她預先算準了。馬駿的父親要他再娶個太太，馬駿不肯，衹收了一個婢女。

馬駿也牢牢記得公主所說的話。三年後的四月初八那天，他駕船到島邊，果然發現兩個小孩在水面玩耍，也不沉下去。馬駿一走近，男孩笑著抓住他的手臂，跳進他懷裡；另一個女孩卻大哭起來，像在怪馬駿不抱她一樣。這兩個小孩長得都很清秀，頭上戴著鑲玉的花帽子，馬駿留給公主的紅玉蓮也在上面。男孩的背上掛著一個錦緞的小袋子，馬駿把袋子折開一看，裡面有一封公主寫的信，信中提到她是如何的想念馬駿、生下一男一女的事，還說在一年後當馬駿的母親過世時，她會到墓前弔祭等等。

馬駿一邊讀著信，一邊擦著感傷的眼淚。兩個孩子抱著他的脖子說：「回去了。」這時馬駿更覺心酸，他撫摸著孩子說：「孩子，你知道該怎麼回去嗎？」孩子們這時也哭了。馬駿望著大海茫茫，祇好抱著孩子把船划回家去。

同時，馬駿讀了公主的信後，知道母親的壽命不長久，便預先準備好墳地，在周圍種了幾百棵松柏。過一年，馬駿的母親果然過世，當馬駿的母親的棺木抬到墳地時，有個穿著孝服的女人走到墳邊來弔祭。人們正吃驚地望著她時，突然一陣狂風大雨，一眨眼，這女人已消失了。

福海長大後，常想念母親，往往自動跳入大海中，過幾天以後才又回來。龍宮因為是女孩子，不能下海去，常常在房間裡啼哭。這一天，正當龍宮哭得很傷心時，天空忽然烏雲密佈，轉眼公主走進龍宮的房裡，對龍宮說：「妳已經長大了，還有什麼好哭的？」

說完，便給了龍宮一株八尺長的珊瑚樹，一包龍腦香，一百顆明珠，一對八寶嵌金的盒子，做為嫁妝。

馬駿聽說公主來了，趕緊跑入龍宮的房間裡，拉住公主的手就大哭起來。可是，剎那間天空響起巨雷，幾乎將房子震倒，然後，馬駿發覺公主已消失無踪！

書呆子玉柱

（改寫自卷十一「書癡」）

郎玉柱的父親還活著的時候曾做「太守」的官職，他做官很廉潔，所得的薪俸不拿去做生意，祇是拿來買書，所以房子裡堆得到處都是書。等他過世後，玉柱就變得很窮。

玉柱把父親留下來可以換錢的東西都賣光了，祇有父親收藏的書，一本也不忍心賣掉。

他的父親曾寫了一張「勸學篇」，貼在玉柱讀書的書房中，好讓他時時警惕自己，要努力讀書。玉柱很聽

太守：官名。秦朝設置郡守管理一郡政事，漢景帝時改稱太守，宋以後改郡為府或州，但一般仍稱知府、知州為太守，明清兩代則專指知府。府是比縣大一級的行政單位，一府可管轄好幾個縣。

勸學篇：指宋真宗作的「勸學文」，文中

說只要努力讀書，房子、車馬、妻子、錢財都可以自然而然的得到。

書中自有顏如玉：這是「勸學文」中的一句，意思是說只要努力讀書，有了成就，自然會娶到漂亮的妻子。顏如玉是形容漂亮的女子，說她容貌像玉一樣美麗。

父親的話，每天一看到這張「勸學篇」就誦讀起來，因為怕這張「勸學篇」日子久了會爛掉，就用白紗把它包起來。玉柱如此的努力讀書，為的不是要做官賺錢，而是很相信「勸學篇」中的一句：「書中自有黃金屋」，認為書本中會真的有黃金屋跑出來！

所以，不論在怎樣的情況下，玉柱都拚命地讀書。

當玉柱已二十幾歲了，也不想結婚，因為「勸學篇」中又有一句：「書中自有顏如玉」，他相信會有美人從書本中走出來，然後會嫁給他。

因此，有時候有親戚朋友來拜訪他，玉柱從來不和別人應酬，話才說沒兩三句就跑到書房中讀書去，害得親戚朋友自討沒趣只得走了。

玉柱每次去考秀才都考上，可是等到考舉人時，卻沒一次考上。有一天，他正在念書，忽然一陣巨風把他的書吹跑了，他趕緊跑去追。當他一腳踩住那本書時，發覺自己的腳陷在一處地面很鬆軟的窪地上，他好奇地用手探探窪地裡有什麼東西，結果一看，是一些已腐爛的雜草；他再把它挖深一些，挖出以前的人埋藏在地下的一些粟。雖然這些粟已經爛得都快變成泥巴了，卻使玉柱更相信「勸學篇」中的一句：「書中自有千鍾粟」這句話。於是，玉柱更是日夜勤奮地讀書。

有一天，他爬上梯子，到書架的上層去找書，忽然在雜亂而滿是灰塵的書堆中，找到一具用金子做成的小車！玉柱一想：這不是「書中自有黃金屋」嗎？哈哈哈，祇要我一直苦讀書，那還有什麼事不能如願的？

於是，玉柱拿了這具小金車給別人看。別人看了看，

書中自有千鍾粟：也是「勸學文」中的句子，是說只要用功讀書，就可以做官，過富裕的生活。鍾是容量單位，一鍾是六十四斗。粟是一種糧食，北方人叫做「小米」。千鍾粟是形容米糧很多，生活富足。

告訴玉柱說：「你這具小金車，不是真正金子製成的，祇是鍍金的而已啊！」

玉柱一聽，心裡就暗暗指責古人用「書中自有黃金屋」這話來騙他。

不久，有個玉柱父親的朋友來看他，玉柱就大方地將這具鍍金的小金車送給對方。那人很高興，就回送給玉柱許多錢和兩匹馬。玉柱一收到這豐厚的禮物，高興地直跳起來！他又認為古人說的「書中自有黃金屋」這句話是對的，而且這話也靈驗了，他果然從書中得到好處！所以，玉柱更是不眠不休地讀書！

過三十歲以後，玉柱還沒有娶太太，有人勸玉柱：「你都已經三十歲了，為什麼不娶個太太呢？」

玉柱很有自信地答說：「古人說：『書中自有顏如

玉』，我還怕沒有美麗的太太嗎？你可知道，所謂顏如玉就是美麗的太太啊，祇要我努力讀書，書本就會跑出一位美麗的太太給我！」

從此以後，玉柱又勤苦不斷地讀了兩三年書；可是書本中並沒走出一位美人來。這時，大家都取笑玉柱：「哈哈哈，這個郎玉柱真是書呆子啊！書本裡怎麼可能跑出美麗的太太呢？真是笑死人了！」

但玉柱不管別人如何取笑，仍努力讀書。

這時，正好當時的民間有種傳說，說天上的織女私逃了。有人就對玉柱開玩笑地說：「玉柱啊，我看織女是為了你，才私下逃離天庭！你不是天天幻想，書本會主動跑出一個美人來當你的太太嗎？這下子，織女會來找你嘍！」

織女：傳說中的仙女，原是天帝的女兒，嫁給牛郎後，因為疏於工作，被天帝處罰，夫妻分別住在天河兩側，每年農曆七月七日相會一次。

玉柱當然明白這是別人在取笑他，但他也不去辯解。有一天，他讀書讀到三更半夜，突然從書中掉出一張用紗剪成的美女像。他嚇一大跳，又自言自語地說：「古人說：『書中自有顏如玉』，大概是要用這美女像來應驗吧？」想到這裡，他不禁有點失望。

可是，奇怪的事終於發生了！

當玉柱仔細看那紗剪成的美女像時，那美女的眉毛眼睛就像活的人一樣。他把它翻到背面，背面隱隱約約寫著「織女」兩個小字。玉柱更覺驚訝，怎這麼巧啊！於是，玉柱把美女像又放回書本上，整天拿出來欣賞，竟迷得吃飯睡覺都忘記。

有一天晚上，玉柱正專心地注視著美女像時，那紗剪的美女忽然彎起腰來，坐在書本上對玉柱微微一笑！

玉柱大驚失色，從椅子上跳起來，連忙跪在桌下一拜，祇見那美女忽然長大到一尺高，然後走下書桌！

這時玉柱很惶恐地問：「妳，妳是什麼神啊？」

那美女笑一笑答說：「我姓顏，叫如玉。你不是早已經就認識我了嗎？你日日夜夜對著我看，要是我不出來看看你，你以後就不肯相信古人的話，對不對？」

玉柱這一聽，心想：「古人的『書中自有顏如玉』這句話，果然是千真萬確的，她果然就叫顏如玉！」

從此以後，玉柱每天晚上讀書，就叫顏如玉坐在旁邊陪他。

顏如玉叫他別只顧讀書，但玉柱還是堅持要努力讀書。她便對玉柱說：「你所以被取笑，被稱為書呆子，考不上舉人，毛病就是你只會死讀書。你想想看，那個考中舉人的，是像你這樣讀死書？你要是不聽我的話，我就要走了！」

由於顏如玉態度如此強硬，玉柱祇得暫時聽她的。然而，過不久，玉柱就忘記她的話，馬上又埋頭讀起書來。於是，顏如玉一氣之下，不聲不響地走了！等到玉柱想找她時，顏如玉已消失了。玉柱跪在地上說：「如玉，我願意聽從你的話，請妳出來見我吧。」

可是，她還是沒有出現。玉柱忽然想起一件事，就取出原先的那本書，翻到以前夾著紗剪美女的那一頁，一看，她果然就在那紗剪上！

玉柱叫她，她一動也不動；玉柱祇好又跪下來哀求，顏如玉才走出來：「你如果再不聽我的勸告，就永遠見不到我！」

舉人、進士：明清兩代，讀書人經過縣的考試，及格的稱秀才，秀才再考上各省鄉試（這是一省的總考試），就成為舉人。舉人再到京城參加會試（禮部的考試）、殿試（皇帝主持的考試），及格的就是進士。

這回，玉柱果然放下書本好幾天。在這幾天中，她叫玉柱準備了各種棋子，天天陪著他玩。可是，玉柱的心總是在書本上，還趁她不在時，偷偷拿起書本來讀！

有天，正當玉柱讀得入神，顏如玉來了，他也沒發覺。當玉柱發覺時，顏如玉已氣沖沖地走掉。

玉柱祇好又找到原書，對那紗剪美女像發誓說：「如玉，妳再原諒我一次吧！我發誓以後不再讀書，請妳相信我吧！」

顏如玉這時才又出現。

但是，顏如玉對玉柱說：「如果三天以後，你下棋還輸我的話，我就不再見你！」

玉柱一聽，祇得認真學下棋，總算在三天後下棋贏了她。

她又開始教玉柱玩樂器，並且說：「限你在五天內把一個曲調演奏得很好，否則我就走了！」

玉柱也就專心地學樂器，專心到沒時間再唸書。學了幾天以後，玉柱已彈得很純熟，自己也不自覺高興的跳起來。

從此以後，顏如玉天天陪著他下棋玩樂器，甚至喝酒，玉柱也就快樂得忘記讀書這件事。

然後，顏如玉又要玉柱出去交朋友，於是玉柱變得很善於交際。這時候，顏如玉才對他說：「現在，你可以去做官了。」

可是，玉柱還沒有去做官，另一件事情便發生。

原來，他們已經一起生活兩年，顏如玉還為玉柱生個小男孩；有天她告訴玉柱說：「我和你已相處兩年多，也為你生了孩子，我們該分別了。我們同住得太久，恐怕會害了你，到時候你再後悔可就來不及。」

玉柱一聽，很傷心地說：「妳不想想孩子嗎？」

顏如玉也很傷心地回答：「如果你一定要我留下來，那麼你要把所有的書都丟掉！」

玉柱感嘆地說：「這是妳的家，也是我的生命，妳為何要我這麼做？」

顏如玉看玉柱不肯丟掉書，也就不再勉強：「我知道這是早已註定要發生的事，不過不能不預先警告你，既然你堅持不丟掉所有的書，那祇好聽天由命！」

原來，有人偷偷見到顏如玉，心想：「郎玉柱不曾結過婚，怎麼有這麼一個美人在他家裡，而且還生了一個孩子？這到底是怎麼回事？」

老實的玉柱被別人一問，既不會說假話，也就祇好保持沉默。而玉柱愈說不出原因，就愈引起大家的疑心；因此這件奇怪的事便傳遍各地，連當地一個時常為非作歹的史知縣也聽見了。

這知縣大人一聽說玉柱有個很漂亮的太太，就起了非分之想。所以，就想把玉柱和顏如玉捉起來。

顏如玉一聽到消息，立刻逃得無影無踪。

知縣大人捉不到顏如玉，又生氣又失望，就將玉柱關起來，還對玉柱說：「你說！你沒結婚，那麼這個叫顏如玉的女人是哪裡來的？你要老老實實地說出來，否則就把你永遠關在監獄裡！同時，你還要說出她逃到哪裡去！」

可是，不論知縣大人如何追問，玉柱仍舊一句話也不吐露。

後來，知縣大人實在沒法從玉柱的口中得到任何消息，祇好暗中派人去探訪玉柱的左鄰右舍，最後才知道一點經過。知縣大人認為，這個叫顏如玉的女子一定是妖怪變的，就親自去玉柱的家裡搜查。到了玉柱家裡一看，滿屋子都是書，搜查起來十分不容易，乾脆一把火將所有的書都燒光！

玉柱也因沒被搜查到任何證據，而獲得釋放。

那一年，玉柱考中舉人；隔一年，他又考上進士。他很痛恨史知縣，就擺設了顏如玉的神位，早晚祈禱說：「如果妳有靈的話，就保佑我當上巡撫大人！」

不久，玉柱果然被派去做巡撫大人。三個月之後，他就調查出史知縣從前為非作歹的證據，並且抄了他的財產，也把他撤職。

等這案子結束後，玉柱就辭去官職，回故鄉去了。

老道士變戲法

（改寫自卷四「寒月芙蕖」）

濟南有一個老道士，不論春夏秋冬，都衹穿著一件單薄的袍子，腰上繫著一條黃絲帶。沒有人知道他的姓名，也沒有人知道他是什麼地方的人。

老道士經常用一大片木梳來梳他的長頭髮，長頭髮在頭頂上結成一個髻盤著，木梳就橫在髻中，好像戴了一頂帽子似的。

大白天時，老道士赤著腳走在街上；一到晚上，他就隨隨便便倒在路旁睡覺。當天寒地凍下雪時，在距離

濟南：府名。府城就是現在的濟南市，是山東省省會和文化、政治、經濟、交通中心。

髻：挽束在頭頂的髮結。

老道士身旁幾尺的地方，不論雪下得多大，總是一落下來就立刻溶化。

當老道士初次到濟南的時候，經常對著許多人表演他高不可測的精彩戲法，由於他的戲法出神入化，因此看的人都大方地賞錢給他。

當地有個無賴漢，為了請老道士傳授戲法，便送一些老酒給老道士，可是老道士就是不肯答應收這無賴漢做徒弟。

有一天，無賴漢從城外的河邊走過，正巧遇見老道士脫光衣服在河裡洗澡。無賴漢立刻想到一個詭計，忽然一把搶了老道士放在岸上的袍子和腰帶，然後站在岸上對老道士叫說：「你這個老道士呀，你還要不要衣服啊！如果你還要衣服的話，就得教我變戲法才行，否則我就把你的衣服帶走！」

老道士沒想到無賴漢會有這一招，他沒衣服可穿，上不了岸，祇得蹲在河中，向無賴漢央求說：「戲法不值得什麼，快把衣服還我吧，我教你變戲法就是了。」可是，無賴漢又怕把衣服還給老道士後，老道士會反悔，不教他變戲法，所以還是不肯無條件把衣服放下。

老道士說：「你真的不還給我衣服？」

無賴漢回答說：「當然。如果你耍賴，你有了衣服，我可沒學到變戲法！」

老道士既然取不回衣服，就不再多說話。過一會，無賴漢手裡拿著的那條黃絲帶，忽然一轉眼就變成一條大蛇，把無賴漢的頭頸緊緊纏住！大蛇還把頭抬起來，睜著冷冷的眼睛，把舌頭一伸一縮的對著無賴漢，嚇得他趕忙跪在地上，臉色發白，對老道士大叫：「饒命啊！我以後不敢了！」

老道士這時從河裡爬上岸來，拿回袍子穿上，又繫好黃絲帶。那條黃絲帶還是一條好好的黃絲帶，哪裡是大蛇呢？不過另外有一條大蛇，慢慢的爬進了城裡。

從此，遠遠近近，大家都知道濟南有這麼一個精於變戲法的老道士。

一些大官聽得老道士會變精彩的戲法，都很歡迎他去表演。於是，老道士在地方上就變得很有聲望。老道士在有名望的人家裡進進出出，連知縣大人也知道有這個人存在。所以，凡是有人擺宴請客時，就一定請老道士去表演一番。

這一天，老道士為了回敬所有大官富紳這些日子來

富紳：在地方上有錢有身分的人士。

的捧場，想在湖上涼亭裡請大家客。

到了約定的日期，每一個受老道士邀請的人，都在自己的桌上看到老道士的請柬，但就是不知道老道士是如何同時將請柬送到他們手中的。

等客人到齊了，老道士就在涼亭中很恭敬地歡迎大家。大家走進涼亭一看，涼亭裡空空的，連椅子桌子也沒有！這時，大家心裡都暗暗嘀咕：這老道士是不是在開玩笑？

老道士知道大家心裡在想什麼，便不慌不忙地對客人說：「我因為沒有僱僕人，所以得麻煩各位的佣人幫忙；這實在很失禮，請大家原諒。」

大家都說：「不客氣！不客氣！」

然後，大家都等著看老道士變什麼把戲。衹見老道屏風：室內用來擋風或遮蔽、隔間的家具，可用木材、玉石、布等材料來製造。

士拿起筆來，在一面粉牆上畫了兩扇大門，然後隨手敲敲那扇大門。

說也奇怪，大門裡面竟然有人來應門，然後呀——一聲，大門打開了！客人們這時都驚訝地圍過來，朝大門內張望。

祇見大門裡有許多人走來走去，還有屏風、幕幔、床、椅、桌，真是樣樣具備。這時，大門裡的人把這些東西一一傳出來，老道士便請客人帶來的僕人們接了，然後放在涼亭中，但是老道士一再叮嚀他們別和大門裡的人說話。於是，大門裡的人和門外的人，你望著我笑，我望著你笑，把東西全搬到涼亭中擺設起來。接著，又有美酒菜餚，香噴噴地從牆裡傳出來，這使得每一個客人看得都睜大眼睛，詫異萬分！

涼亭原來是背對著湖水的，每當六月天時，荷花就長滿整個湖面。在老道士請客的那天，正好是冬天，沒有荷花，祇見湖面水茫茫的，

有個客人說：「唉，真可惜，像今天這樣快樂的日子，應該有荷花來點綴點綴啊！」

大家一聽，都覺得有道理。過一會兒，一個僕人匆匆忙忙地跑進涼亭說：「湖裡長出荷花了！湖裡長出荷花了！」

滿亭子的客人一聽，都驚奇地向湖上望去，果然整個湖面上不知何時已長滿荷花！

北風一吹，就帶著荷香，飄進涼亭裡。大家都不知道，為什麼在這麼冷的冬天，湖上會長出千千萬萬的荷花。有的人想採些花帶回家，便叫僕人划著小船到湖上

去採荷花。

轉眼間，船就划進千萬朵荷花中消失不見。過了一會，船回來了，僕人卻空著手說：「湖上一朵荷花也沒有啊！」

大家都搶著問：「這怎麼說？湖上不是有滿滿的荷花嗎？」

僕人回答說：「我坐船向有荷花的地方划去，誰知道荷花卻跟著一直退到北邊的岸邊去；過了一下，忽然荷花又轉到南岸去。」

老道士在旁邊聽了，就笑著說：「這祇不過是幻影中的空花而已啊！」

沒多久，酒喝完了，湖上的荷花也都凋謝，然後颳起一陣北風，把荷花吹得一枝也不留下來。

城東有一個大官非常喜歡老道士，就將老道士請到家裡，常常和他一起遊樂。

有天，這位大官和客人在喝酒；這大官家裡原本藏有家傳的好酒，但每次不論和誰喝，或和多少人一起喝，都祇許喝一斗為限，絕不肯多喝。可是，這次喝酒時，客人越喝越高興，便硬要主人多拿一點酒出來。

大官很堅決地推辭：「實在沒有了。」

老道士在旁看得大笑起來，就對客人說：「你們想喝上好的酒，不如請教我，你們會感到心滿意足的！」

客人一聽，便請老道士設法找來好酒。

老道士拿了一個空酒壺，就往大袖裡塞進去。

過一會，老道士再從袖裡拿出酒壺，便向每個客人面前的酒杯一倒，大家舉杯一嚐，的確是和這大官家傳

一斗：斗是容量單位，十升為一斗。

的好酒味道一樣！

等大家都喝得盡興，酒宴也結束後，大官就覺得老道士剛才變的戲法十分可疑。於是，他便悄悄回房間中去察看一下自己的酒甕，酒甕外面果然沒人動過，但裡面的好酒卻一點也沒了。

大官一看，十分痛心，立刻傳令下去，將老道士捉起來，然後氣憤地說：「你這牛鼻道士，專門用妖術來騙人，我饒不得你！來人呀，快把這牛鼻道士重重地打五十大板！」

差役一聽，立刻吆喝一聲，七手八腳地把老道士按倒在地，掀起袍子就重重地一板打下去！

可是，這一板打下去，可不對了！端端正正坐在堂上的大官，猛然覺得自己的屁股好像被狠狠地打了一板

牛鼻道士：對道士的嘲弄稱呼。道士頭上梳的髮髻很像牛的鼻子，所以就嘲笑道士是「牛鼻子」。

似的，痛得大叫出聲！

等第二板又打下去時，大官的屁股更是像要裂開來一樣！像這樣又繼續打了三四板，老道士雖然在地上大叫：「好痛好痛，屁股好痛呀！」可是，大官的屁股也被打得紅腫起來！

大官這時才知道，這不好玩，祇好忍著痛說：「好了好了，不必再打了！」

說完，就把老道士趕出去。

老道士被趕出濟南之後，也不知流落到哪裡去。

後來，有人曾經在南京碰到老道士，他的打扮仍和以前一樣，祇穿一件單薄的袍子，腰上繫著一條黃絲帶。

有人問他：「你近況如何？」

老道士祇是笑一笑而沒有回答。

南京：明朝以前叫金陵、建業或建康，建城已有二千五百年歷史，是著名的古都，也是中華民國的首都。

升官之夢

（改寫自卷四「續黃粱」）

孝廉：明清時代稱「舉人」為孝廉。

毘盧寺：佛寺。毘盧是佛教用語，指佛的真身。

曾孝廉是福建人，當他參加考試考上第一名之後，便約幾個同時上榜的朋友到城外去遊玩。他聽說毘盧寺住著一個算命先生，便和朋友一起去請算命先生算命。

到了算命先生的房裡，一坐下來，算命先生早已將曾孝廉那種得意揚揚的神情都看在眼裡。所以，算命先生也就滔滔不絕地對曾孝廉說了許多誇獎的話。

曾孝廉一聽，很是高興，不斷地揮動手中的扇子，咧開嘴微笑。然後，曾孝廉問算命先生：「依你看，我有沒有做大官的命呢？」

算命先生肚裡早打定主意，便很正經地回答：「你不只很有福氣，而且還會做二十年的宰相呢！」

曾孝廉原本就因考第一名而驕傲，這下一聽算命先生所說的話，更是加倍高傲不可一世。

走出算命先生的房間後，天正好下大雨，大家便走進一間廂房去避雨。廂房中有一位老和尚，他兩眼深陷，有高翹的鼻子，盤膝坐在蒲團上，卻不跟曾孝廉他們打招呼，而大家也不理這老和尚，便各自找地方坐下來聊天。

因為算命先生說曾孝廉將來會當宰相，所以其他的人都向他恭賀，左一句宰相，右一句宰相，將曾孝廉捧得得意忘形。曾孝廉不覺狂妄地說：「等我當了宰相，

廂房：正廳或正殿兩旁的房屋。

蒲團：用蒲草編織成的圓墊子，僧侶打坐或跪拜時使用。

你們大家都有份，我會封你們每一個人官做！」

在座的人一聽，都高興地哈哈大笑。

過一會兒，雨下得更大了，曾孝廉也覺得有點累，就往旁一倒睡著了。正當他睡著時，忽然看見兩個欽差大臣，捧著皇帝的詔書，說是要請曾太師去商量國家大事。曾孝廉非常高興，便急急忙忙地進到皇宮裡。

皇帝一看到曾孝廉，便請他坐下，很親熱地對他說了許多話；並告訴他說，凡是三品以下的文武百官，要賞罰升降，都可由他自行決定，另外皇帝又賜給他玉帶和駿馬。曾孝廉謝過皇帝後，就回家去了。

回到家中以後，曾孝廉發覺自己不再住小平房，而是很豪華的大房子。他並且得意地摸摸下巴的鬍子，輕輕地叫了一聲：「來人啊！」

欽差大臣：由皇帝特別下命令派遣去辦理重大事件的官員。

詔書：皇帝發布的文書。

太師：官名。輔佐天子治理國事的大臣，地位崇高。

三品：古時官員的階級共分九等，第三等的官員就是三品官。

王公巨卿：貴族和大臣。王公指和皇室有親戚關係的貴族，巨卿就是高官大臣。

作揖：把手拱在胸前表示敬禮。

諫議大夫：古官名，簡稱諫議。職掌是對皇帝的行爲提出勸告(諫)，並對朝政提出意見(議)。

這一叫，立刻有千百個人回答他：「有！」

不一會兒，便有許多王公巨卿送來無數奇珍寶貝。如果來的人是一品大官，曾孝廉還向前走幾步去迎接；如果是次一等的官，曾孝廉就作個揖；至於那些官職較低的，曾孝廉祇要點點頭就算了。有位巡撫大人還派人送給曾孝廉十個年輕貌美，會唱歌跳舞的女孩，其中一個叫媚媚，一個叫仙仙，更是美麗，所以很得曾孝廉的寵愛！他每天回到家，就和媚媚、仙仙一起飲酒作樂。

有一天，曾孝廉忽然想起以前貧苦的時候，曾經獲得一個同鄉王子良的幫忙，現在他自己已經當大官富貴無比，而王子良仍然一事無成，所以，曾孝廉就想幫助王子良。

隔天一早，曾孝廉便向皇帝推薦，請王子良來做諫太僕：官名。主管君王的車馬及畜牧等事務。

翻白眼：表示看不起或厭惡的態度。晉朝的阮籍對他不喜歡或瞧不起的人就斜著眼，露出眼白來看人；對他喜歡的人就正眼看待，對方就能看到他青黑色的眼珠。

大戶：豪門大族或高官富翁。

議大夫。皇帝果然照准。然後，曾孝廉又想起一個掌管馬匹的郭太僕，這人曾經對他翻白眼，看不起他，於是曾孝廉便叫人寫了許多對郭太僕不利的奏章給皇帝。皇帝一看，立刻將郭太僕免職。如今，曾孝廉覺得，有恩報恩，有仇報仇，因此心情感到特別愉快。

有一次，曾孝廉經過城外的馬路時，有個醉漢不小心撞到他的僕人，曾孝廉便下令將這醉漢捉起來，送到衙門去，把醉漢活活打死。

而所有擁有大量田產的大戶人家，都怕曾孝廉，所以都免費把好的、肥沃的田地奉送給他。從此，曾孝廉簡直就和皇帝一樣有財有勢了。

不久，娟娟和仙仙都死了，曾孝廉很思念她們。一天他忽然想起以前鄰居家有個很漂亮的少女，於是叫幾個奴才，帶著銀子到那戶人家去，把那漂亮的少女硬買下來！

一年以後，朝中的百官漸漸對曾孝廉的所作所為產生反感。但是，沒有一個人敢當面說曾孝廉的不是，而曾孝廉也不將他們放在眼裡。

可是，有位姓包的學士不怕權勢，在皇帝面前告了曾孝廉一狀：「這個曾孝廉，根本和無賴一樣，祇會向皇上您拍馬屁。偶然說了一句迎合皇上的話，就獲得皇上的無比照顧，連帶著他家裡的父親兒子也沾了光。但曾孝廉卻不把自己貢獻給國家，以報答皇上的寵愛，反而胡作非為，作威作福！不向他拍馬屁的人就倒楣，會被他撤職；而拍他馬屁的人就有官做，他又欺壓老百姓，強搶善良人家的女兒！他更會在皇上面前搬弄是非。天

王莽：西漢末年孝元皇后的侄子，平帝時當「大司馬」，以謙恭勤儉的態度獲得人們的稱譽，於是把持朝政，殺了漢平帝，立孺子嬰，自稱「攝皇帝」。不久篡位自立，改國號「新」，世稱「新莽」。後來被劉秀推翻，在位十五年。

底下那有這樣的宰相！現在，老百姓都情緒激憤，極痛恨他，如果不趕快把他殺了，以後必定又會做出像歷史上王莽和曹操那樣的禍害來！現在，微臣甘願冒著死罪，把曾孝廉犯罪的種種事實真相，稟告皇上，請速斬這奸賊的頭，抄查沒收他所有搜刮來的財產，那麼也許可平息上天天神的怒氣，和老百姓的激憤！如果微臣所說的不是實情，也請皇上馬上下令把微臣殺了！」

曾孝廉一聽，有人寫這樣的奏章給皇帝，一時嚇得臉都發白。幸好，皇帝對曾孝廉還十分寵愛，把這本奏章給留下來而沒公開。但是，跟著又有許多大臣也繼續上奏章給皇帝來指出曾孝廉的不是。於是皇帝在迫不得已的情況下，下旨抄沒曾孝廉的家，把他押到雲南去充軍，連他當太守的兒子，也被免職。

曹操：東漢末年人，字孟德，小名阿瞞。他先藉鎮壓黃巾之亂而不斷擴充兵力，又把漢獻帝帶到許昌，利用獻帝的名義發號施令，削平各地割據勢力。等到他兒子曹丕篡位自立，國號「魏」，就尊稱他為「魏武帝」。在三國故事中，他是一個詭詐、多疑、心狠手辣，但又聰敏、有文采的人。

奏章：古時候臣子向皇帝建議或陳述事情的文書。

當曾孝廉接到這樣的聖旨，正心驚膽戰之時，有幾十個武士拿刀帶槍衝進宰相府，將曾孝廉的袍服衣冠都扯去，並把他和他的妻子綁在一起。而從宰相府所抄出的黃金，至少也有幾百萬兩，同時珍珠、翡翠和瑪瑙等寶貝數也數不清。最後，武士們檢視過所有的房子倉庫，便加上封條，又對曾孝廉大叫一聲：「滾蛋吧！」

不久，獄卒們七手八腳地你拉我扯，將曾孝廉夫婦都拉出去；這時，曾孝廉想找一輛破車和一匹瘦馬來代步，也找不到！他們走了十多里，他的太太已經走不動，又走了幾十里後，曾孝廉自己也累得快倒下去。這時，忽然抬頭一看，面前正有一座高山，高山山頂穿進了雲霄。曾孝廉一看，心裡就涼了，心想這麼高的山怎麼爬過去呀！想到這裡，他們夫婦就一起大哭起來。而旁邊的獄卒就對他們瞪著眼大罵：「還不快走！哼，你們現在還得意得起來嗎？想當年，你們害死了多少人，搶走了別人多少財寶，現在呢？祇不過是一個要被捉去充軍的囚犯而已呀！如果還不快走的話，就打斷你們的腿！」

曾孝廉夫婦只好一跛一跛地勉強往高山上爬，但爬到一半，他的太太實在走不動，就倒在地上哭起來，而曾孝廉也想坐下來休息一下，但又給獄卒痛罵了一頓。

這時候，有許多人從樹林裡跑出來！他們是一群強盜，而且手上都拿著兵器，獄卒們看情形不對，就一哄逃走了。強盜一來，曾孝廉祇好跪地哀求說：「各位好漢饒命啊！現在我就要被押到雲南去充軍，身邊一個銀子也沒有，請各位好漢老爺高抬貴手，來生一定做牛做馬來報答你們！」

好漢：原來是指剛強勇健、好義正直的男子，這裡是對強盜的尊稱。

這時，強盜們一個個都瞪大眼睛大嚷著說：「哼，我們都是以前被你迫害的人，誰稀罕你的臭銀子，我們要的是你這奸賊的人頭！」

曾孝廉一看強盜們不吃軟的，也就破口大罵：「本老爺現在雖然有罪，被發配到雲南充軍，但這不過是一時間的事，畢竟我還是宰相哪！你們這些小毛賊竟敢目無法紀，敢殺害我不成！」

強盜們一聽也發火了，最靠近的一個強盜忽然揮動手中的斧頭，一斧就砍在曾孝廉的頸上，祇聽得咔嚓一聲，曾孝廉的頭就跌落在地上！

這時，兩名小鬼就將曾孝廉綁起來，趕他向前走。過了幾個時辰，他們就走到閻羅殿。

曾孝廉到這時候，祇好俯伏在地上，爬了幾步，請

閻羅殿：傳說中地獄由閻羅王掌管，閻羅王審問、處罰鬼魂的大殿，就叫「閻羅殿」。

求饒命。閻王翻了翻桌上的案卷，看了幾行，馬上發怒說：「你犯的是欺民誤國之罪，理應放入油鍋去炸！」

說完，四周響起千萬鬼怪的應聲，然後走出兩名大鬼把曾孝廉從地上拉起來，拖到台階上面去，台階上放著一個七尺高的鐵鍋，四邊燃起火光熊熊的木炭，鍋腳被火燒得透紅。曾孝廉嚇得哀聲大哭，但又無處可逃，大鬼左手抓著他的頭髮，右手提著他的腳踝，一拋，就將曾孝廉拋入熱騰騰的油鍋中去！

曾孝廉祇覺得身體跟著沸騰的油上上下下翻滾，並感覺到身上的皮肉像被火燒一樣，痛入心肺！何況，火燙的油灌入他嘴裡，更使他痛得像要炸開一樣！

過了一頓飯的時間，大鬼才用一把長叉，把曾孝廉的身體又出來，再送到閻王面前。

刀山：用刀劍做成，是傳說中地獄裡的酷刑之一。

閻王又翻開案卷一看，怒罵說：「你欺凌弱小，仗勢凌人，應受刀山之苦！」

說完，大鬼又將曾孝廉摔下台階，於是曾孝廉又見到一座山，山上到處倒插著許多鋒利的小刀！山上已有幾個人被插在刀上，呼爹喊娘的，令人聽來驚心動魄！

大鬼趕著曾孝廉向山上走，他不斷地苦苦哀求，但大鬼一點也不為所動，用毒錐在他腦袋上刺一下，曾孝廉慘叫一聲。大鬼接著抓起他，用力一拋，曾孝廉祇覺得自己飛了上來，又重重地掉下去，刀尖戳進胸膛，真有令他說不出的痛苦！

不久，大鬼趕著他去見閻王，閻王將他一生中所賣出的官位和霸佔來的寶物財產，計算出該值多少銀子，然後很憤怒地說：「曾孝廉，你千方百計得來的寶物財產共有三百二十一萬兩，現在我就讓你把這些銀子吃下去！」

說完，大鬼又搬來許多銀子放到台階上，堆成一座小山，然後把銀子融化。大鬼就將曾孝廉的嘴巴硬是打開，接著把融化的銀子往他的嘴裡灌！這下子，把曾孝廉的嘴巴燙得皮肉都裂開，而且吞下去的銀子也燒得他五臟六腑都生烟！

然後，閻王命小鬼把曾孝廉送到甘州去轉生當女人。

曾孝廉隨著小鬼走不多遠，看見一根幾尺粗的樑上掛著一個大輪子，輪子四周發出五彩的火焰。小鬼揮動皮鞭趕著他走上輪子，曾孝廉剛閉著眼睛往輪子裡跳，就跌了下去！

當他再睜開眼睛時，已變成一個小女嬰。

甘州：地名，因州東有甘峻山而得名。屬於甘肅省，州治在張掖縣。

曾孝廉看看父母親，發覺他們都穿著破爛的衣服，原來他轉生到一戶乞丐的家裡！

曾孝廉長大後，就天天跟著父母沿街討飯吃。不論夏天或冬天，都祇有一件破衣服穿，如果遇上下雪的日子，就凍得骨頭像被刀割一樣。等到曾孝廉十四歲時，就被賣給一位顧秀才當二房，可是顧秀才的大老婆又天天藉故用木棒藤鞭隨便的打她！

有一天，正當她和顧秀才一起睡覺時，忽然闖進兩個強盜，手中拿著閃閃發光的刀子，將顧秀才殺死！她嚇得蜷在被窩裡，連呼吸也不敢出聲。等強盜走了，才大哭地跑出來，向顧秀才的大老婆哭訴一番。

事後，顧秀才的大老婆認為是她把顧秀才害死的，便向知縣大人告狀。經過知縣大人的審訊後，她經不起

二房：妾、姨太太。

逼供，祇好承認是她謀殺了顧秀才，因此她被判了死刑。

正當獄卒綑綁著她押赴刑場時，曾孝廉覺得肚子裡有一股冤氣想從喉嚨衝出來，但是她喊不出聲音。就在此時，他耳邊聽到有人說：「老兄，你在作惡夢嗎？」

曾孝廉一聽，忽然就醒過來！

他看見廂房中的老和尚仍坐在蒲團上，原來他剛才做了一場惡夢！

老和尚這時對曾孝廉笑一笑說：「算命的人說你會當宰相，很靈驗吧？」

曾孝廉驚奇地望著老和尚，然後不自覺地對老和尚深深一揖，請求老和尚指點一條明路。老和尚說：「祇要做人做事多為別人著想，自然能修得好結果；其他的事，我這和尚就不知道了。」

曾孝廉不久前還高高興興地來，這時祇得垂頭喪氣地回去。但從此，曾孝廉再也不敢渴望能做宰相，而且也不覺得自己考第一名有什麼了不起。

後來，聽說曾孝廉到山裡面去隱居，不知去向。

大商二商

（改寫自卷七「二商」）

山東省有姓商的兩個兄弟，哥哥的外號叫「大商」，家裡很富有；弟弟就叫「二商」，家境卻很貧窮。兄弟倆是鄰居，祇隔著一堵牆壁。

清朝康熙年間，山東省發生大災荒，所以二商的家裡經常是早飯還有得吃，晚飯可就不知在哪裡。有一天，已經快中午了，二商家還沒法生火煮早飯，所以二商餓著肚子在屋裡走來走去，想不出一點辦法。

二商的太太就叫他去找大商幫忙。二商說：「唉，

康熙：清聖祖（西元一六五四－一七二二）的年號，共六十一年。

沒有用的，要是哥哥可憐我貧窮，早就來幫忙了，何必等到現在呢？」

可是，他的太太堅持要二商去，二商沒辦法，祇好叫他的兒子去。

過一會兒，兒子空著手回來。

二商看看兒子，又看看太太，嘆口氣說：「怎樣？不是給我料到了嗎？」

太太皺著眉問兒子：「你大伯講些什麼？」

兒子說：「大伯有點遲疑，就看看伯母，然後伯母對我說：『兄弟已經分家，各吃各的飯，誰還能顧得了別人呢！』」

二商夫婦一聽，也就沒話可說，祇好把家裡一些用舊的盆子、破舊的床變賣，換一些碎米糠來餬口。

餬口：本來是吃粥（稀飯）的意思，引申作「勉強謀生」解釋。

這時候，村裡有幾個無賴漢，看上大商家裡這麼富有，就在夜裡爬牆進去搶劫！
大商夫婦一驚醒，就敲著臉盆大喊：「救命啊！有強盜啊！」
鄰居們平日就嫌大商夫婦做人刻薄，所以沒有一個人趕去幫忙。大商夫婦不得已，祇好對牆壁大叫：「弟弟啊，快來幫忙啊，強盜來搶錢了！」
二商聽見大哥大嫂的呼叫聲，就想跑去救援，可是他太太阻止他，並且拉開喉嚨對大嫂說：「兄弟已經分家了，有禍各自解決吧，誰還能顧得了別人呢！」
不久，那些強盜撞開大商的房門，把大商夫婦綁起來，拿著燒紅的鐵尺，把他們燙得哇哇大叫！
二商在隔壁忍不住了，就說：「大哥大嫂雖然沒有

刻薄：待人冷酷無情或言語尖酸。

情義，可是我這做弟弟的怎能見死不救啊！」

說完，立刻帶著兒子跳過牆頭，大喊一聲，便衝了進去。二商父子原本就勇猛有力，別人一向有些畏懼他們，強盜們又怕驚動別人，所以一看到二商父子大膽地衝過來，強盜們就心虛，慌慌張張地逃跑了。

二商等強盜都跑走，就去看望大商夫婦，祇見他們兩人的大腿都被燙焦。於是，二商便扶他們到床上去，把家裡的僕人和丫鬟都叫回來，吩咐他們要好好照顧大商夫婦後，才帶著兒子回家去。

經過這次災難，大商雖然受了傷，家裡的金銀財寶一點也沒損失。所以，大商就對太太說：「今天能幸運地逃過一劫，家裡的財物也沒損失，完全是弟弟的功勞啊，我們應該分些給他才對。」

大商的太太卻回答說：「你要是有個好弟弟，我們就不會被強盜還成這樣子了！」

這話說得大商啞口無言。

而這時二商家裡已沒有米飯可吃，他們以為大商總會送些東西來報答的，誰知道等了好久好久，大商那兒竟沒有一點反應。

二商的太太再也忍不住，就叫兒子拿一個麻袋去找大哥大嫂。

結果，等兒子回來，才知道祇借到一斗米。

二商的太太覺得大哥借得太少，內心很不高興，便想叫兒子再去借，可是被二商給勸住。

日子一過就是兩個月，二商他們挨餓受飢，覺得再也維持不下去，就對太太說：「現在我們沒法再支撐下去了，不如把這房子賣給大哥吧。也許，大哥會怕我們搬走，或許不會收我們的賣屋契，而接濟我們一些錢也說不定；就算他收下賣屋契，我們有一筆錢也可以過活了。」

二商的太太不得已只好答應，便叫兒子帶賣屋契去見大商。

大商和太太商量。他說：「二商即使有什麼不好，到底是我的弟弟啊！要是他搬走了，我就孤零零。這樣吧，把這張賣屋契還給他，我們接濟他一些錢吧！」

大商的太太一聽，就不同意：「不行！他說要搬家，是在要挾我們，如果照你的話去做，不是中了他的計謀嗎？難道說，世界上沒有弟弟的人，就會死了不成？我們祇要把圍牆弄得高一點，就能防止強盜再來。嗯，這

要挾：用威勢利害強迫他人服從。

樣好了，你把他的賣屋契收下，隨便他搬到哪兒去都可以，而且這樣我們的房子也可變得更寬大些！」

夫婦倆商量決定之後，大商就叫二商在賣屋契上簽字，然後付給二商一些錢。二商就搬到鄰近的村子去。

鄉下的一些土匪，一聽說二商搬走了，就闖入大商的家裡，綁起大商，狠狠地打他一頓，同時要大商拿出所有的金銀財寶來贖命。土匪們臨走時，還打開大商家裡的米倉，又叫許多貧民把米倉中的米糧都分光。

第二天二商才聽到這消息，便急忙跑去探望哥哥，祇見大商被打得昏迷不醒，也無法說話。最後，大商才慢慢睜開眼睛看看二商，這時一切的悔恨都來不及，一會兒大商就死了。

二商很悲傷地到衙門去告狀，可是土匪早已逃之夭

逃之夭夭：逃走。夭夭，原是形容事物美觀又盛大的樣子，《詩經・周南・桃夭》篇有「桃之夭夭」一句，俗語改「桃」為「逃」，借作逃走的意思。

天，根本抓不到。至於分到米糧的人，都是村子裡的貧民，知縣大人對他們也沒有辦法。

大商死了以後，祇留下一個五歲的兒子。因為家裡變窮了，大商的兒子就常到二商家去，一待就好幾天，如果要把他送回去，大商的兒子便哭個不停。二商的太太對這孩子不太好，所以二商就說：「當初他的父母雖然對我們毫無情義，但是這孩子又有什麼罪呢？」因此，二商就買幾個燒餅給大商的兒子，過幾天，二商又瞞著太太，私底下送一斗米給大嫂，叫她好好撫養孩子。從此以後，二商就常常這樣的接濟他們。

過了幾年，大商的太太把房子賣掉，所得到的錢也足夠養活自家，這時二商才停止接濟。

又過兩年，大災荒又發生了，路上到處都是餓死的人。這時候，二商已沒有能力再照顧別人。而大商的兒子已有十五歲，但身體十分瘦弱，無法工作，二商就叫他拿著籃子跟著自己的兒子去賣芝麻餅，勉強維持生活。

有一天晚上，二商夢見大商來找他，大商臉色很悲慘地說：「都是我聽你大嫂的話，才失去兄弟的情義！可是，你卻不懷恨在心，還常常接濟我家，這更令我慚愧！現在，我家賣掉的房子還是空的，你可以把它租下來。在房子後面的土堆下面，我曾埋藏了一些銀子，你把它挖出來，生活就可以富裕一些。同時請你讓我那個兒子與你住在一起吧！至於你的大嫂，我很恨她，你就不用照顧她了！」

二商從夢中驚醒後，覺得很奇怪。於是，他就用較高的租金，向屋主租下那房子，果然在房子後面的土堆下挖到五百兩銀子！

從此以後，二商就不再賣燒餅。利用這筆錢，二商讓兒子和侄子在市鎮裡開了一家店鋪。大商的兒子還算聰明，帳目算得清清楚楚，性情又很老實，所以很得二商的疼愛。

有一天，大商的兒子哭著請求二商給他母親送些米去。二商的太太原本不肯；可是，二商體念他的孝心，就按月付給大商的兒子薪水，讓他去奉養母親。

幾年之後，二商的家境變得更加富裕。這時候大商的太太病死了，而二商的年紀也大了，二商就和大商的兒子商量，要他獨立自主。於是，二商把家產分一半給大商的兒子。

小倩的故事

（改寫自卷二「聶小倩」）

浙江人寧采臣，是一個性情爽直，行為端正的書生。有一次，他到金華去，在北門外的一個寺廟裡歇腳。

這間寺廟的殿塔都很壯觀，雜草卻長得像人一般高，好像整間寺廟都沒有人住一樣。

寺裡東、西兩邊都是和尚住的僧房，門戶雖然關著，卻沒落門。祇有南邊的一個小房間，新加了一道鎖。寧采臣看到大殿東邊角落裡長了許多竹子，還有一個很大的池塘，池塘上開滿荷花。他很喜歡這地方的幽靜，就

金華：縣名，在浙江省，以產火腿著名。

想住下來，於是在附近散步等和尚回來。

到黃昏時，有一個書生來開南邊的房門。

寧采臣便去和他打招呼，並且把想住下來的意思告訴他。那書生說：「這寺裡早已沒有和尚，我也是來寄宿的，如果你不怕這裡太荒涼的話就住下來吧，也可以早晚來和我聊聊天啊！」

寧采臣聽了很是高興，便拿稻草鋪地當床，又取幾塊木板架成桌子，預備在寺裡住下來。

這天晚上，月亮分外明亮，他們兩個人就在殿廊下對坐，聊起來。那書生自我介紹說：「我叫燕赤霞。」

寧采臣也自我介紹一番。在聊天當中，兩人都覺得對方說話很誠懇，便成為好朋友。

這天晚上，寧采臣因為剛搬來，翻來覆去，老是睡不著。忽然聽到北邊的屋子裡有說話的聲音，好像有人住在那裡，於是，寧采臣偷偷爬起來，在靠近北邊的窗下悄悄張望。

祇見一片矮牆外有座小院子，院子內有一個約四十歲的婦人，另外還有一個老太婆，她穿著褪色的長衣服，頭上插著一支大銀梳，正和那婦人在月光下談話。

那婦人說：「咦，小倩為什麼這麼久還不來？」

老太婆說：「大概快來了吧。」

婦人問：「是不是小倩對妳說了什麼埋怨的話？」

老太婆回答說：「那倒沒聽她說什麼，不過我看她的樣子，好像有些不太快樂似的。」

婦人又說：「這丫頭好像不大容易對付……」

她的話還沒說完，一個十七八歲的少女突然出現，

丫頭：對小輩女子親暱的稱呼。從前女孩頭上梳著兩個髻子，很像丫字，所以稱女孩子為「丫頭」。

她看起來長得很漂亮。老太婆笑著對少女說：「我們兩個正在談妳，想不到妳就一聲不響來了，還好我們沒說妳壞話！」

然後，老太婆又對少女說：「妳可真像畫中的美人哪，如果是男的，一定會被妳迷住。」

少女說：「婆婆妳不說我好，誰說我好呢？」

接著，婦人和少女又不知說些什麼，寧采臣沒法聽清楚。

寧采臣以為她們都是鄰居的家屬，自己不該再偷看，也就回房去睡。

可是，當寧采臣正要睡著時，覺得有人走到他床前，連忙起身一看，原來就是那少女！他大吃一驚，就問：「妳來這兒做什麼？」

那少女笑著說：「這麼美好的晚上，我來陪你啊！」

寧采臣立刻板起臉來，微微生氣地說：「妳不怕別人講閒話，我可怕別人議論紛紛呢！」

少女回答說：「夜裡又沒人看見。」

寧采臣又板起臉來拒絕她。少女退後幾步，好像要說什麼，但又沒說出口。寧采臣就說：「妳再不走的話，我就要大聲喊叫了！」

這時，那少女才害怕地退出房間。可是，當她走出房間，又轉回來，放一塊黃金在寧采臣的床上。寧采臣拿起那黃金扔到門外，說：「這東西，我不要！」

那少女感到十分慚愧，拾起黃金，自言自語地說：「這人的心好像是鐵做的。」

第二天一早，也有個書生帶著僕人住在東邊的僧房中。到晚上，這個書生忽然死了，而且腳心有個小孔，好像被錐子刺過一樣，鮮血一絲絲從腳心小孔流出來。大家都不知道到底發生什麼事了。又過一晚，那僕人也和書生一樣，腳心被刺一個小孔死了。

快到黃昏時，燕赤霞回來。寧采臣把這件事告訴燕赤霞，燕赤霞認為，那書生和僕人是遇到妖怪了！

但是，寧采臣很倔強，並不相信世間有妖怪，也沒將它放在心上。

到夜裡，那少女又來了，她對寧采臣說：「我看過許多人，從沒見過像你這樣剛正的。我認為你是一個君子，所以不敢騙你。我叫小倩，十八歲就死了，葬在這寺廟旁邊，經常被妖怪脅迫來害別人，這實在不是我自願的。現在，寺裡已沒人可害，衹剩下你，恐怕她們會叫夜叉來對付你，你千萬要小心。」

寧采臣大吃一驚，就要求少女為他想想辦法。

那少女說：「如果你和燕赤霞住一起的話，就會沒事。」

寧采臣又問少女：「妖怪為什麼不敢害燕赤霞？」

少女回答說：「燕赤霞是奇人，所以不敢去碰他！」

寧采臣又問：「妳是怎麼害人的？」

少女說：「凡是和我親近的人，我就暗中用小錐子刺他的腳心，他便會昏迷，這時我就取他的血給妖怪飲用。或者用一塊黃金——其實不是黃金，而是羅剎骨頭變的——來誘惑人，如果那人貪心地留下黃金，我就能割取他的心肝給妖怪吃。你知道嗎？美色和金錢，都是一般人最喜歡的！」

羅剎：佛家語，是一切惡鬼的總稱。

寧采臣感謝少女的警告，又問她：「夜叉什麼時候會來？」

少女回答：「明天晚上。」

她臨走時，流著淚對寧采臣說：「你很重義氣，希望你能救我脫離妖怪的魔掌。如果你肯帶著我的屍骨，歸葬到你的家鄉去，那麼我會很感激你的。」

寧采臣立刻答應了，便問她葬在哪裡。她說：「在一株上面有鳥巢的白楊樹下。」

說完，她走出房間，一下子就消失無蹤。

第二天，寧采臣約燕赤霞一起吃飯，並跟他約好，當晚要和他住在一起。燕赤霞不肯。寧采臣就硬把臥具搬到燕赤霞的房裡。燕赤霞沒辦法，祇好答應，但他一再叮嚀寧采臣：「我知道你是一個君子，我很佩服，但是你一定不能翻看我的箱籠，否則對你我都很不利！」

寧采臣一口答應了。

到晚上，燕赤霞拿一個小箱子擺在窗口，就躺下去睡著了。可是，寧采臣一點睡意也沒有。

一更時，窗外突然隱隱出現一條人影，一會兒靠近窗口來張望，眼光像閃電一樣。寧采臣暗中大驚，正要喊燕赤霞時，忽然有件東西從窗口的小箱子裡飛出來！它亮得像一條白帶子，碰斷了窗上的石格子，然後向外射出去，接著像電光一般又回到小箱子裡！

燕赤霞被驚醒後，立刻跳起來，寧采臣卻假裝睡熟了。燕赤霞捧下那小箱子，從箱裡拿出一條潔白光亮，約二寸長的東西，對著月光又嗅又看。過一會兒，他把那東西包了好幾層，仍舊放在小箱子裡，接著自言自語地說：「是哪個妖怪，居然這麼大膽，竟弄壞了我的箱子！」

說完，燕赤霞又回床睡覺。

寧采臣看了這情形，很是奇怪，於是起床問他，並且把剛才所見到的述說一遍。燕赤霞說：「既然你看得起我，我就告訴你吧。我是個劍客。如果不是窗上的石格子擋住，那窗外的妖怪早就被殺死，現在妖怪雖然沒死，但也受傷慘重！」

寧采臣好奇地問：「小箱子裡是什麼東西？」

燕赤霞說：「是劍，我剛才聞了聞它，就覺得有妖氣！」

寧采臣要求燕赤霞把小箱子裡的東西借他看。燕赤霞大方地答應了，原來小箱子裡裝的是一把很鋒利的小劍。

第二天，寧采臣看窗外有血跡，便循著血跡走到寺的北邊，果然看見許多墳墓。一個墳墓邊果然有株上面有鳥巢的白楊樹。後來，寧采臣在金華辦完事，預備回家去。燕赤霞就為他餞行，並拿出一個破皮袋送他，然後說：「這是劍袋，你好好收藏著，可以避開妖怪的侵害。」

寧采臣想跟燕赤霞學劍術，但燕赤霞說：「像你這樣有信義而且剛直的人，本來可以學一點的，不過你還是個富貴中人，並不是劍道中人。」

寧采臣假裝說妹妹的屍骨埋葬在附近，便把那少女的屍骨挖出來，帶回家鄉去。

回到家鄉，寧采臣將少女的屍骨埋葬在書房前。然後，他又寫了一篇祭文，讀給她聽：「可憐的孤魂，我把妳葬在我的身旁，這樣妳的哭和笑，我都可以常常聽見，妳也不會受到惡鬼的欺負了。」

當寧采臣祭好後，後面忽然有人喊說：「慢一點，我跟你一起走吧！」

他回頭一看，竟是小倩！

她高興地向寧采臣道謝說：「謝謝你幫我做的事，現在我跟你一起回去拜見公婆吧，即使要我為他們做牛做馬，我也願意。」

寧采臣看看她，在大白天裡，她顯得更漂亮了。於是，回到家裡，寧采臣先把這件事告訴母親。她母親一聽，大為驚訝。那時，寧采臣的太太已生病很久，寧采臣的母親叫他別把這件事告訴太太，以免她受到驚嚇。

這時，小倩突然出現，她跪在寧采臣母親的面前說：「小女子孤苦伶仃，多謝公子愛護，感恩非淺，所以願意來服侍他，報答他的情義。」

寧采臣的母親看她果然長得美麗又可愛，就說：「妳這樣對待我兒子，我很高興，可是我不敢叫他娶鬼做妻子啊。」

小倩說：「我沒別的用心，既然做鬼的不能使您相信，那麼我願以兄妹之禮來服侍他，也對您早晚問安，您看如何？」

寧采臣的母親聽小倩說得如此誠懇，便答應了。

於是小倩立刻到廚房裡，替寧采臣的母親煮飯、做家事，熟練得像原來就住在這裡一樣。到晚上，寧采臣的母親心裡還是有點害怕，不肯留小倩住下來。小倩知道她的心意，就自動離開。

小倩經過寧采臣的書房，原來想進去，又好像害怕什麼東西，一直在外面徘徊。寧采臣喊她，小倩才說：「你的房裡劍氣逼人，所以不敢進去。」

寧采臣知道是那劍袋的關係，便把它移走掛在別的房間。小倩這時才敢走進寧采臣的書房，默默地坐了一會兒，然後問寧采臣說：「我小時候曾唸過楞嚴經，現在已忘記一大半，你可以借我一本看看嗎？」

寧采臣答應了。可是小倩並沒走開的意思，到半夜三更，她才傷心地說：「我是外地的孤魂，實在怕到外面去啊！」

可是，寧采臣說：「這書房裡又沒別的床，而且兄妹也應該避開嫌疑啊。」

說完，小倩才傷心地離開。寧采臣也很難過，想留

楞嚴：佛經名稱，共十卷，傳說是唐代中天竺的和尚翻譯的，但自古以來就有人懷疑它是偽造的佛經。

她在書房裡，替她另鋪個牀，又怕母親不高興，衹得讓小倩走了。

從此，小倩天天一早就來服侍寧采臣的母親，晚上到書房在燈下唸楞嚴經。本來，寧采臣的母親要幫生病的媳婦做家事，自從小倩來了以後，她就變得很空閒。日子一久，她對小倩如親生的女兒一樣，忘了小倩是鬼，晚上也留她在房裡過夜。

不久以後，寧采臣的太太死了，母親暗地裡有替兒子娶小倩的意思，但又怕對兒子不利。小倩當然看出她的意思，便偷空對母親說：「經過這一年多的日子，您應能明白我的心腸，為了不想害人，我才跟著公子來到這兒……」

寧采臣的母親也明白小倩實在沒有惡意，但祇怕小倩不會生育。小倩就說：「子女本來就是上天所賜的，公子命中註定有三個兒子，並不會因為娶我而損害了後代。」

母親相信她的話，就和兒子商量，寧采臣當然很高興，隨即擺宴席遍告親友。有人想看一看新娘子，小倩就打扮得很漂亮，一出來，大家都看呆了，不懷疑她是鬼，反而以為她是仙女呢！因此，許多親戚的女眷為了爭先看一看這美麗的新娘，便送許多禮物來祝賀她。小倩很會畫蘭花和菊花，就常常畫些圖畫來酬謝她們。

有一天，小倩低著頭，坐在窗前，好像有說不出的心事。她忽然問寧采臣：「那個劍袋在哪裡？」

寧采臣說：「因為妳怕它，所以把它藏起來。」

小倩這時說：「我如今吸收許多陽氣，想來已經不怕它了，你就把它拿出來掛在床頭吧。」
寧采臣問說：「妳的意思是……」
小倩說：「這三天來，我的心總是跳得很厲害，恐怕那個妖怪恨我逃走，早晚是會找到這兒來的！」
寧采臣果然聽她的話，把劍袋拿出來。
小倩反反覆覆地看看那劍袋，然後說：「這是劍仙拿來裝妖怪的，它已經這樣破爛，不知殺過多少妖怪！我現在看著它，還是心驚肉跳的！」
說完，就把它掛起來。第二天，小倩又叫寧采臣把劍袋掛在門上。
當天晚上，小倩對寧采臣說：「我們要警覺些，不可睡著了。」
說完，突然有一個東西像飛鳥一樣墜下來，小倩嚇得躲在房間裡。

寧采臣一看那東西，像夜叉的模樣，眼睛像銅鈴，嘴像血盆，張牙舞爪地走近！可是走到房間門口後，便退後再也不敢接近。

過了好久，那妖怪又靠近劍袋，用爪去抓那劍袋，想把它撕碎！忽然，「格」的一聲，劍袋立刻脹大起來，裡面飛出一個像鬼的東西，把那妖怪一捉，就捉進劍袋裡去。

這時，劍袋又恢復成原先的樣子。

寧采臣看得驚心動魄，也嚇得面無人色。

小倩這時才敢跑出來，很高興地說：「現在平安無事了！」

他們把劍袋拿下來一看，裡面祇有幾斗清水而已。

過幾年，寧采臣考中進士，小倩也幫他生個小男孩。寧采臣又娶了一個小妾，於是小倩和這小妾又幫他各生一個男孩。

這三個兒子長大後，都做了大官，而且都很有聲譽呢！

報恩虎

（改寫自卷十二「二班」）

殷元禮是雲南人，對針灸很有研究。因此，他的家鄉有許多人都找他看病，而殷元禮也很熱心的替別人看病。甚至，對一些較窮的病人，他經常不收醫療費，因此，他在家鄉是很受敬重而知名的醫生。

有一年，他的家鄉鬧土匪，殷元禮便跟著村人逃入深山去避難。

有一天夜裡，他要趕回避難的山洞，一路上非常擔心會遇上虎狼，所以很小心而害怕地走著。

走著走著，忽然他看見前面有兩條人影，殷元禮正

針灸：中醫名詞。針和灸是兩種古老的醫術：針是用各種特製針具在經脈穴位刺激神經，來預防或治療疾病；灸是用艾絨等薰灼經脈穴位來防治疾病。

鼎鼎大名：形容人名氣很大、很有名。鼎鼎，盛大的樣子。

盼望有人陪伴夜行，所以就趕上去。

「請問，你叫什麼名字啊？」這兩個陌生人問。

「我叫殷元禮。」他回答說。

「哦，原來是鼎鼎大名的殷醫生啊！」這兩個陌生人說，「殷醫生的名氣，我們早就聽說了！」

殷元禮點頭微笑，便問：「請問兩位尊姓大名？」

「我叫班爪，」其中一個人說，「他叫班牙，我們是兄弟。」

殷元禮哦了一聲。這時班爪說：

「想來我們都是躲避土匪的吧？殷先生，你願不願和我們一塊兒走呢？我們就住在不遠的地方，而且我們還有事要請殷先生幫忙呢！」

殷元禮點點頭，就跟班牙和班爪一起走。不久，他們來到一個全是岩石的山谷裡，並走進一座石室。

石室內燃燒著柴火，在火光的照耀下，殷元禮發現班家兄弟長得都很英俊，看起來也很和善。所以，殷元禮想：既然大家都是來避難的，這兩個兄弟也很和善，不如就暫時住下來吧。

正當殷元禮四處觀察石室時，忽然聽到床上發出一陣呻吟的聲音。

他仔細一看，原來床上躺著一個老太太，她看來好像很痛苦的樣子。

這時，殷元禮問班牙：

「她是不是生病了？」

班牙說：

「就是為了這原因，所以想請殷先生來幫忙。」

說完，班牙打著火把往床上一照，殷元禮走近一瞧，這位老太太的鼻嘴之間長了兩個瘤，都有飯碗那麼大。原來，老太太正因長了這兩個瘤而感到十分痛苦哩！

殷元禮細聲地對老太太說：

「老太太，妳可不能用手去摸它呀！」

老太太回答說：

「是啊，很疼的，連吃東西都會疼哩！」

殷元禮看一看，又說：

「請放心，我可以治好妳的病。」

於是，殷元禮馬上拿出針灸的本領，給老太太扎了十幾針，然後對老太太說：

「這樣，過一晚就會好的。」

班牙和班爪十分高興，就燒鹿肉來款待殷元禮。

班爪說：

「真是抱歉，臨時請殷先生來幫忙，所以沒能好好招待您，請多多諒解。」

殷元禮吃飽後，就用石頭當枕頭，勉強過了一夜。

第二天，殷元禮醒來後，就問老太太：

「妳覺得如何？」

老太太用手摸摸自己的鼻嘴，原來那兩個肉瘤已經消失，衹留下兩個疤痕。

於是，殷元禮又叫起班家兄弟，請他們用火照明，他自己則幫老太太又敷上藥粉，然後對班家兄弟說：

「這樣就算痊癒了。」

殷元禮說完，就和他們告別。

三年後，有天殷元禮又走到這座深山，不幸遇到兩隻狼。

殷元禮看看天色，糟糕，太陽已下山了。忽然間，這兩隻狼呼嘯一聲，一群狼又出現在他背後！就在殷元禮想躲避時，其中一隻狼已猛撲到他身上，一下子就將他撲倒！接著，又有好幾隻狼也爭著撲過來，把殷元禮的衣服都撕破。

殷元禮暗叫一聲：這下子我可完蛋了！不料，他又聽到兩聲驚天動地的吼叫聲，兩隻老虎跳出來，把狼群嚇得四下逃竄！

這兩隻老虎又吼叫一聲，狼群都嚇得仆伏在地不敢動彈，於是狼群一隻一隻被老虎咬死了。

殷元禮趁這機會趕緊爬起來就逃，可是又擔心深山裡沒有可以投宿的地方，幸好前面走來一位老太太。老太太一看到殷元禮就說：

「殷先生，你受驚啦！」

殷元禮看了看這位老太太，問說：

「這位老太太，妳怎麼知道我姓殷？」

老太太笑笑：

「你忘了？我就是三年前在石室裡被你治好兩個肉瘤的老太太啊！」

殷元禮一聽，終於想起來，難怪這老太太看起來滿眼熟的。於是，老太太帶著他走到一座院落裡，院內燈火通明。

老太太請殷元禮坐下，然後說：

「殷先生，你知道嗎？我等你很久了。」

「為什麼呢？」殷元禮問。

可是老太太沒有答話，祇是拿出一套衣服，讓殷元禮換下被狼群撕破的舊衣服；然後，老太太又準備豐盛的酒菜，很親切地款待他。

殷元禮看這位老太太舉杯喝酒的樣子，加上她說話也很有威嚴，就知道這位老太太絕不是普通人。

殷元禮喝了一杯酒後，就問說：

「請問，班牙和班爪是老太太的什麼人？今晚怎沒看見他們？」

老太太微笑說：

「這兩個都是我兒子，我派他們去接殷先生來，想不到到現在還不見人影，也許他們走錯路了。」

殷元禮哦哦了兩聲，老太太卻一直請他多喝酒。

殷元禮很感佩老太太的知恩圖報，不知不覺多喝兩杯，所以就昏昏醉倒了。

第二天一早，殷元禮先醒過來。他一看四周，原來自己睡在一塊大岩石上，院子竟然不見了！

同時，他又聽到岩石邊發出很奇怪的聲音，走近一看，竟是一隻老虎睡在那裡！這隻老虎的鼻嘴間，有兩個像拳頭大的疤痕！

殷元禮一看，差點嚇昏過去，心想如果老虎醒了，他可就沒命了，於是趕緊偷偷跑掉。到這時候，殷元禮才明白，原來把他從狼群中救出來的那兩隻老虎，就是班牙和班爪啊！

竹青烏鴉

（改寫自卷十一「竹青」）

魚客是個書生，湖南人。他小時候家境很貧窮，長大後為求取功名，就到京城參加考試，但沒考中。

在回家的途中，魚客的路費用光了，又不願去向人行乞，他餓得實在再也走不動，便勉強走到湖北省漢水附近的吳王廟，在神前禱告一番，便躺在廟裡迷迷糊糊地睡著。

就在他睡覺時，忽然出現一個人，把他帶到吳王神前，請求說：

吳王廟：在湖南省富池鎮，是祭祀三國時東吳猛將甘寧的廟宇。

「現在黑衣軍中還缺一個人，請准許由這個人來遞補吧。」

「好！」吳王答應了，並且拿出一件黑衣服給魚客穿上。

原來，這人所說的黑衣軍，指的是守在吳王廟的烏鴉們，附近的百姓都認為這些烏鴉是吳王神的神兵。

魚客穿上黑衣服後，居然也變成一隻烏鴉！他展開翅膀飛向天空，立刻加入黑衣軍中，成為牠們的一員。這些烏鴉經常飛到漢水上的船桅上，船上的人便爭著把食物丟給牠們吃，所以這些烏鴉常常都能吃得很飽。魚客和其他的烏鴉一樣，也吃得飽飽的，覺得很心滿意足。

過兩三天，吳王神覺得魚客孤單單太可憐，便把一個叫竹青的母烏鴉嫁給他。從此，牠們就過著恩愛的幸福生活。

現在魚客已經很熟悉烏鴉的生活，不過他每次出去找食物，總是粗心大意，沒什麼警戒心。竹青經常勸他要小心，別被人捉了。可是，魚客就是不太愛聽。

有天，魚客飛到漢水上，遇到好幾條運兵船，有個士兵竟用箭射中魚客的胸膛，還好竹青很勇敢地把他叼回來，才沒被人捉去。其他的烏鴉一看這情形，都十分生氣，就一起揮動大翅膀，祇見一時波浪洶湧，結果把這些運兵船全部都打翻。

竹青採些藥草回來餵魚客，可是他受的傷實在太嚴重，不久就死了。

魚客這時候也從睡夢中驚醒，他睜開眼睛一看，自己還睡在吳王廟中呢。

當時，有人到吳王廟來，看見魚客躺在地上，以為他死了。現在，他忽然醒過來，大家就問他：

「你怎會睡在這裡？」

魚客說：

「我因為到京城趕考，可是要回家時路費用光了，所以衹好走到這裡來。」

大家一聽，就紛紛各自拿出一點錢來，為魚客湊了一些路費，讓他能順利回家去。

三年以後，魚客又經過漢水，便走進吳王廟來參拜，並且準備一大堆食物給烏鴉吃，他一邊餵一邊很感慨地說：

「如果竹青也在這裡的話，請妳吃完後別走，就留下來吧。」

但是，烏鴉吃完食物後，都紛紛飛走，沒有一隻留下來。後來，魚客又到京城去趕考，這次他終於考上，在回家途中，他又走到吳王廟裡。

這回他買了豬、羊肉來祭拜吳王神，同時準備很多東西來餵他的烏鴉朋友，嘴裡也不忘念著：

「如果竹青妳在的話，就請留下來吧。」

當天晚上，魚客的船停在漢水邊的一個漁村外。魚客獨自點燈坐在船中，忽然他眼前一花，有隻烏鴉飛入船中，而且突然變成一個漂亮的少女！

這美麗的少女臉上浮出笑容：

「自從離別後，你還好嗎？」

魚客一時呆住，祇是支吾地說：

「妳，妳是誰？」

少女微笑說：

「怎麼？你難道把竹青忘啦？」

魚客一聽，真是太高興了。

「妳從哪裡來呢？我一直在找妳呢！」魚客說。

少女回答說：

「我已經成為漢水的女神，所以很少回吳王廟。前些日子，有兩隻烏鴉使者飛來告訴我，說你在找我，並認為你對我還有很深的感情，所以我很受感動，就特地來看你啊！」

魚客一聽，心裡更是高興。

「竹青，妳和我一起回家吧。」魚客說道。

竹青卻說：

「不行，你還是和我到漢陽去。」

這件事兩人各有意見，不過當晚他們仍在一起。第

漢陽：縣名，在湖北省東部。位於漢水下游南岸，東與武昌市隔江相望，北與漢口市隔漢水相對，合稱「武漢三鎮」。

二天一早，魚客醒來時，發現自己並不在船上，而是在一幢很豪華的房子裡。這到底是怎麼回事？

他很驚訝地跳下床，問竹青說：

「咦，這地方是……」

竹青這時早已起床，她對魚客笑了笑：

「這地方是漢陽呀！也是我們的家，所以你也不必再回你原先住的地方去。」

天亮了，有許多侍女開始準備酒席，於是魚客和竹青就坐在一起舉杯享用。

魚客這時說：

「我記得我還帶著僕人哩，他呢？」

竹青回答說：

「他還在船上哩。」

魚客一聽，就有點擔心：

「那我怎能讓船夫等我太久呢？」

竹青又說：

「沒關係，我會替你去通知他們的。」

此後，魚客留在竹青身邊，也就把回家的事忘了。

而船夫從夢中醒來後，一看自己的船居然在漢陽，也非常驚訝。當船夫想起錨開船時，船的纜繩竟被拴得緊緊的，任他怎樣的動手去解也解不開，所以祇好和魚客的僕人一起留在船上。

很快地，又過兩個多月，魚客忽然想起來，該回家了，於是就說：

「如果我繼續在這裡住下去的話，就沒法和家人連絡上，妳我雖然是夫妻，可是我的家人至今還不知道這件事，我想妳還是和我一起回家去吧。」

然而，竹青回答說：

「我不能和你回去，萬一我和你回家後，你家裡已有妻子，那該怎麼辦呢？所以，我衹好留在這裡，你自己回去吧。」

說完，竹青就拿出一件黑衣服給魚客，對他說：

「漢陽和你家有一段距離，這一件黑衣服是你以前穿的，如果你想來看我，就穿上它飛到這裡來吧，到這裡後我再幫你脫下黑衣服，你就能恢復人形。」

接著，竹青為魚客餞行。

等他吃飽後就睡著，當一覺醒來，發現自己又躺在船上，而且船是靠在洞庭湖畔，船夫和僕人都還在，而且正等著他呢！

餞行：設酒宴為出遠門的人送別。

「你到哪裡去了呢？」船夫問他。

「我也不知道……」魚客也有些迷糊。

這時，他一轉頭，發現枕頭邊有一個包包，他打開一看，是竹青送給他的黑衣服，而他的腰間還拴了一個裡面裝滿金幣的繡袋。

魚客叫船夫把船往南開，上岸後還送許多禮物給船夫，才高高興興地回家。

魚客回家待了幾個月，心裡一直想念竹青。所以，有一天他就穿上那套黑衣服，一轉眼他已長出翅膀，變成一隻烏鴉朝天空飛去。大約過兩個鐘頭，他就飛到漢陽上空。

他一邊飛一邊往下看，發現江上有一座孤島，孤島上還有一幢豪華房子，他立刻看出這是竹青住的地方。

於是，他收起翅膀，下降，落在豪華房子的院子裡。

這時，已有許多侍女看到他飛來，便紛紛向竹青喊說：

「姑爺回來了！姑爺回來了！」

竹青在房裡一聽，也趕快跑到院子來迎接他，並叫人把魚客的黑衣服脫下來。

頓時，魚客有一種翅膀脫落的感覺，然後他和竹青手拉著手，愉快地走進屋裡。

竹青先開口說：

「你回來得真巧，正好趕在我生產時啊！」

魚客高興地說：

「真的？」

「當然是真的啦！」竹青回答說。

幾天以後，竹青真的生產了，而且生下一個兒子，取名叫「漢產」。三天以後，漢水的其他女神都跑來祝賀他們。

魚客很高興地在漢陽住了幾個月後，竹青便用船送他回家。這隻船既沒有帆也沒有槳，卻能載著魚客在水上航行，向他所住的地方駛去。當這隻船在洞庭湖靠岸時，已經有家人在岸邊準備迎接他。

從此，魚客常常到竹青那裡去。過幾年，漢產越長越高，而且很英俊，魚客非常疼愛這個兒子；他原來的妻子不曾生下子女，因此很希望能把漢產接回來，由她來撫養。於是，她把心事告訴魚客。

魚客便將這件事告訴竹青，竹青也高興地同意了。於是，為他們父子準備了許多東西帶回家去。

不過，竹青對魚客說：

「我們約法三章：三個月後你一定要把漢產帶回這裡才行。」

魚客也答應。

但是，等魚客的妻子一看到漢產長得如此可愛，就硬是要漢產和她一起住得更久一些，所以十個多月過去了，她還是不肯把漢產還給竹青。

不幸得很，有一天漢產竟得病死了，她非常傷心，天天哭泣。魚客為了這件令人悲傷的事，特地趕到竹青那兒，想把事情告訴她。可是，等魚客到竹青那兒，一進門，居然發現漢產好端端的光著腳，睡在床上。

「這，這到底是怎麼一回事？」魚客驚喜萬狀地問說：「漢產並沒病死嘛！」

此時，竹青不高興地回答說：

約法三章：原是漢高祖劉邦入咸陽時，和居民約定三條簡單法律的故事。後來泛稱訂立簡明的條款，使人共同遵守為「約法三章」。

「你竟然不守信用，一直不把漢產帶回來，我太想念他，所以衹好自己把他接回來囉！」

魚客便向竹青解釋，說是因為他妻子實在是太疼愛漢產，所以才不願把漢產送回來。

竹青就說：

「那麼等我再生一個小孩後，才把漢產長久留在她身邊吧。」

經過一年以後，竹青果然又生產了，而且生下雙胞胎，男孩取名叫「漢生」，女孩取名叫「玉佩」，於是魚客將漢產帶回家，給原來的妻子照顧。

但是，魚客每年還是要到漢陽探望竹青幾次，後來乾脆就把家遷到漢陽附近去。

漢產十二歲時，就到小學去唸書。竹青覺得人間找不到好對象，還是把漢產留在身邊吧，以後好幫漢產娶個美麗的仙女。後來，漢產果真娶了一位仙女做妻子。等到魚客原來的妻子過世後，漢生和玉佩兄妹也到她的墓前來弔祭。喪禮結束後，漢產就留在家裡。

有一天，魚客帶著漢生和玉佩出去，不料從此就一去不返。

鸜鵒傳奇

（改寫自卷七「阿英」）

甘玉是江西省盧陵人，有個弟弟叫甘玨。他們的父母早已去世，那時甘玨祇有五歲，所以由甘玉來撫養。甘玉一直很照顧這位弟弟。

甘玨長大之後，不但英俊瀟灑，同時也很有學問，更能寫得一手好文章，因此甘玉更加疼愛甘玨，還經常對甘玨說：

「像你這樣英俊又有才氣的人，以後一定給你討一個美麗的妻子才行。」

盧陵：縣名，故城在今江西省吉安縣。

由於甘玉有這種看法，因此他對甘玨的婚事也特別謹慎，好幾次替甘玨去相親，總是找不到適合的對象，結果就因眼光太高，而沒能幫甘玨談成親事。

有一天，甘玉到廬山的寺廟裡讀書，晚上他正想上床睡覺時，忽然聽到窗外好像有女人說話的聲音。甘玉便悄悄地起床，掀開簾子往外看。

這一看，正好看到三、四個少女坐在地上聊天，而且興高采烈地吃菜喝酒呢！這幾個少女都長得很漂亮。這時候，一個少女說：

「秦姑娘，阿英為什麼還沒來？」

坐在她旁邊的秦姑娘就回答說：

「妳不知道哇？昨天阿英從函谷關到這裡來時，在半路上不幸被壞人用箭射中右臂，所以阿英說今天不能

廬山：山名，在江西省九江縣南，北靠長江，東南臨鄱陽湖，三面是水，西接陸地，主峰海拔一千五百公尺。廬山整年烟雲瀰漫，因而有「不見廬山真面目」的說法。

來，她覺得很抱歉呢，還一再要我向大家致歉……」

前面那少女又說：

「這也難怪我昨天晚上做了一個可怕的噩夢，到現在我還很害怕呢！」

這時，另一個少女插嘴說：

「不要再說這些好不好？妳這樣會掃興的。」

前面那少女笑著說：

「妳怕什麼嘛！這樣好了，妳說不要掃興，那妳就為大家唱一首歌吧。」

於是，這個少女便優美地唱起歌來。歌唱完後，大家都高興地拍手叫好。可是，就在她們聊得很快樂時，忽然有個妖怪出現了！這妖怪嘿嘿嘿地對少女們說：

「妳們留下來，當我的點心吧！」

掃興：破壞興致，就像用掃帚把興致掃走一樣。

妖怪出現得太突然，嚇得少女們紛紛站起來就跑！一下子，大家都躲得無影無蹤，祇有那唱歌的少女跑得太慢，很快的就被妖怪抓住！

她一邊大叫，一邊用雙手奮力掙扎。但是妖怪實在太兇猛，所以她還沒掙脫魔掌，就被妖怪先咬斷一根手指頭，而她也昏迷過去！就在這緊急時刻，甘玉突然拿起一把刀，衝出來朝妖怪砍了一刀。

這一刀正好砍在妖怪的腿上，妖怪慘叫一聲，就受傷逃走了。

甘玉把少女救起來，帶她到寺裡，原來她的右手拇指被妖怪咬斷了。於是，甘玉又拿布來，幫少女把傷口包紮起來。這時，少女已醒過來，她呻吟一聲才說：

「多謝救命之恩！您的恩德，我不知該怎麼做才能報答？」

甘玉一看這少女長得十分漂亮，心裡暗想：如果弟弟能娶到這位美麗的姑娘該多好！

心念一想，便對少女說：

「姑娘，我有一位弟弟叫甘玨，他長得很英俊又有才氣，可是至今還沒結婚，我在想：妳是不是願意下嫁給我弟弟呢？」

少女一聽，很謙虛地對甘玉說：

「像我這樣已殘廢的人，怎能嫁給你弟弟呢？何況，我這樣，也沒法子做家事的。你還是另外替你弟弟找個更適合的對象吧。」

「那麼，我可以請問妳叫什麼名字嗎？」甘玉說。

「我姓秦。」少女回答。

鋪蓋：上面蓋著的和下面墊著的棉被，泛指睡覺的用具。

這天晚上，甘玉讓這位受傷的秦姓少女睡在床上，而他自己則拿著鋪蓋到另外一間房裡去睡。等第二天，甘玉醒來，去探望她時，她已不知去向。

甘玉心想：她大概是自己離開了吧。可是，甘玉這天在附近的村莊裡到處打聽，居然沒有一戶是姓秦的人家。甘玉為了找她，又請許多親友幫忙打聽，也沒有任何結果。最後，甘玉祇好失望地回家去。

直到有一天，甘珏到郊外去散步的時候，在半途遇見一位年紀約十六、七歲的美麗少女，他不禁對她多望一眼，而對方竟然對著甘珏微微一笑，好像有什麼話想說的樣子。最後，少女走到甘珏面前：

「請問你是不是甘家二公子？」

甘珏有點訝異地回答說：

「我就是。咦，妳怎會認得我？」

這位少女又笑著說：

「我記得你父親還在世的時候，已經替你和我訂下親事，為什麼你現在又違背以前的婚約，而去和一位秦姑娘談到婚嫁？」

甘玨聽得一愣一愣的。

「怎麼？你不相信我的話嗎？」少女又說。

「這樣好了，請問妳家住在哪裡？我回去時再問問我哥哥，看看是不是我們弄錯了。」甘玨隨即又喃喃自語地說：「奇怪，我很小的時候，父親就去世了，怎麼從沒聽父親或是我哥哥提起，有關我跟誰有過婚約的事呢？」

那少女回答說：

「我也沒告訴你的必要。不過祇要你答應，我也可以自己去問你哥哥這件事。」

甘珏這時有點為難地說：

「沒得到哥哥的允許之前，我不能隨便答應……」

那少女卻笑了：

「你怎麼這樣怕哥哥呢？我告訴你吧，我姓陸，就住在東邊的山望村裡，希望你三天以內能回我的消息，你到時候到山望村就可以找到我，我等你的消息哦！」

少女一說完話，轉身就走。

甘珏回到家後，立刻把事情跟哥哥嫂嫂說一遍。甘玉聽了，覺得很訝異，說：

「這一定是那少女騙你的。你知道嗎？父親去世的時候，我已經二十多歲，假如父親曾經為你訂婚的話，我一定會知道的，而且我一定會告訴你的。」

不過，甘玉又想，一個少女竟敢一個人獨自在外走動，而且主動跟自己的弟弟說這些話，這真是令人奇怪的事。於是，甘玉就問甘玨：

「那少女長得什麼模樣？」

甘玨這時卻紅著臉，一時不知如何形容。

在旁的嫂嫂開玩笑地接口說：

「我知道了，那少女一定長得很美，對不對？」

甘玉又說：

「弟弟還年輕，他怎能分辨出美麗或不美麗？就算那少女長得再美，也一定不會比我以前見過的那位秦姑娘更漂亮。這樣好了，等我們找到秦姑娘，如果秦姑娘還不答應這件婚事，再考慮考慮這位少女吧。」

甘玨一聽哥哥這麼說，就一言不語地回房去。

又過幾天，甘玉騎著馬到外面去辦事，在半路上，看見一位少女一邊走一邊哭，好像很傷心的模樣。

甘玉覺得奇怪，便拉住韁繩，側面細細地看了那少女一眼。他發現這少女長得十分漂亮，便上前問她說：

「姑娘，妳到底發生什麼事？」

這少女含著淚水回答說：

「我很早便與甘家二公子訂下親事，後來我家搬到很遠的地方去，所以和甘家就沒有連絡。不料，我最近回到這裡來，發現甘二公子已經變心，把以前我和他訂親的事忘了。我覺得很難過，因此現在我想去找我的未婚夫的哥哥甘玉，去問問他，我和甘玨的婚事如何解決。」

甘玉一聽，有點兒迷糊，便用疑惑的語氣問說：

「妳要找的就是我，我就是甘玉。不過有關我父親為甘玨訂婚的這件事，我實在一點都不知道……」

「什麼？你就是甘玉？你為何不知道這件事？」那少女一聽，哭得更傷心。

「這樣好了，妳也別再哭，」甘玉說，「我家就住在這附近，妳跟我到家裡去，我們好好談談吧。」

甘玉說完，就讓那少女騎著馬，他自己就牽著馬在前面領路。

這時候，那少女自我介紹說：

「我叫阿英，我沒有親人，就和我表姊秦姑娘住在一起……」

叫阿英的少女話還沒說完，甘玉已恍然大悟，原來這位美麗的少女，就是秦姑娘所說的那個阿英！

「原來如此，我終於明白這件事了。」甘玉停下腳步說，「我代表我弟弟，到妳家去談這件婚事吧。」

可是，阿英說：

「沒關係，你不必去了，這件婚事我就可以作主。」

甘玉一聽，心裡更是高興。總算皇天不負苦心人，終於讓他為弟弟找到一個美麗的妻子。

甘玉將阿英帶回家後，發現阿英不但很懂事，說話也很有禮貌，她把嫂嫂當成自己的母親來侍奉，而嫂嫂也十分疼愛她。

不久，中秋節到了，大家帶些酒菜到郊外去賞月。甘玨夫妻兩人正要舉杯賞月時，嫂嫂突然派人來，想叫阿英過去一起共度佳節。甘玨心裡捨不得阿英去，但沒表現出來。阿英就叫來接她的僕人先回去，並說自己隨後就到；可是，過了好久，阿英仍沒有到嫂嫂那兒去，還是陪著甘珏飲酒聊天。

甘珏怕讓嫂嫂久等，就催促阿英快去；但是，阿英祇是笑了笑，沒有動身的意思。

第二天一早，阿英剛起床，嫂嫂就來找阿英。嫂嫂一見到阿英，就奇怪地說：

「阿英，妳一向不是有說有笑的嗎？為什麼昨天晚上到我那兒一起賞月，卻好像不大愉快的樣子？」

阿英聽了，祇是勉強地笑一笑，沒有答話。

不過，甘珏在旁一聽，卻感到奇怪：

「咦！昨天阿英根本沒去嫂嫂那兒啊，嫂嫂怎麼說這種話？阿英昨天整夜都陪著我啊！」

嫂嫂聽了甘珏的話後，更是吃驚，她心想：

「如果甘玨說的話是真的，那阿英豈不是妖怪嗎？祇有妖怪，才會一個人變成兩個人啊！」

甘玉在旁邊也覺得事情很奇怪，便對阿英說：

「我們甘家從來沒和別人結過怨仇，如果妳是妖怪，就請妳馬上離開，千萬別來害我的弟弟！」

阿英這時嘆一口氣，回答說：

「我本來就不是人，祇是因為你們父親還活著的時候，就為我和甘玨訂下婚約，我的表姊也勸我出嫁，所以我才來找甘玨的。唉，我也知道我沒辦法生育，所以三番兩次想推掉這門親事，不過兄嫂對我實在太好，我祇好又留下來，現在你們既然認為我是妖怪，我也祇好離開，再見……」

說完，阿英忽然變成一隻鸚鵡，展開翅膀，很快地飛走了。

原來，甘家兄弟的父親還活著的時候，養了一隻很會說話的鸚鵡，而且一向親自照顧牠。那時候，甘玨才四、五歲，有一天甘玨問父親：

「養這鸚鵡做什麼呢？」

父親順口就開玩笑地答說：

「養了給你以後當媳婦啊！」

而且，每當鸚鵡的飼料吃完時，父親就呼叫甘玨說：

「甘玨，趕快拿飼料來呀，你的妻子都快餓死了！」

從此以後，甘家的人都用這些話來逗幼小的甘玨玩。

不料，後來鸚鵡竟弄斷鍊子，飛跑了。

甘玨這時才明白阿英所說的，她以前曾和自己訂過婚這件事，竟是指他小時候父親的一句玩笑話。

甘家的人現在雖然知道阿英不是人，由於阿英善體人意，又沒有害人之心，所以她走後，大家又不覺地懷念起她來。尤其是甘玨的嫂嫂，更是非常想念阿英，一想起來不禁落淚。

甘玉看著這種情形，心裡也開始後悔當初不該說那些話，把阿英趕走。

過兩年，甘玉幫甘玨找了一位姜家姑娘結婚，但是他們夫妻總合不來。

甘玉有一天去廣東找他的一位表兄。不料，就在甘玉去廣東時，家鄉鬧土匪，大家都逃走了。甘玨也祇好帶著家人逃到山裡去避難。在山裡面，許多人躲在一起，忽然甘玨聽到一個很像阿英聲音的姑娘在說話。嫂嫂一聽，便催甘玨去找找看，甘玨一看，說話的人果然是阿英沒錯！

這下子，甘玨高興得不知該說什麼，他緊緊抓住阿英的手不放，阿英祇好對同行的姐妹說：

「我要和嫂嫂說幾句話才走。」

嫂嫂一看到阿英，不由得落下眼淚；阿英再三安慰嫂嫂，並建議他們回家鄉去。嫂嫂懇求說：

「阿英，妳跟我們回家吧。」

阿英考慮了一下，嫂嫂和甘玨是那麼地熱誠，她祇好答應。

回到家後，阿英趕緊將大門關上，並要家人待在屋裡，不可隨便外出。阿英又和家人聊了一下，本來轉身就想離開的，但嫂嫂拉住她的手，兩位女婢又拉住她的腳，阿英祇好勉強留下來。

然後，嫂嫂將甘玨和新婚妻子感情不好的事，說給阿英聽。阿英便在早晨醒來時，為姜家姑娘化粧，使她看起來比以前漂亮許多。而且，一連幾天，阿英都這麼做，姜家姑娘忽然變成一個大美人。

嫂嫂一看，再拜託阿英說：

「妳能不能幫我在女婢中挑一個，用妳的化粧方法，使她也變漂亮些，以後好當妳哥哥的侍妾，為他生個兒子。妳知道，我是無法生育的。」

阿英答應了，就選了一個最黑的醜丫頭，幫她化粧，四、五天後這醜丫頭居然也變成一個美人。

因為大家都待在家中沒外出，所以幾乎把外頭有土匪的事忘了。有天晚上，屋外傳來一陣叫囂聲，把大家都嚇得要命；幸好土匪沒衝進屋裡，在門外鬧了一會就

叫囂：大聲地吵鬧叫罵。囂，音ㄒㄧㄠ，吵鬧的意思。

紛紛散去。天亮後，大家悄悄出門一看，全村已被土匪劫掠一空，土匪還將躲在山裡的人也殺光，就祇剩下甘家沒被土匪發現。所以大家都非常感激阿英，將阿英當作仙女一樣敬重。

有一天，阿英決定離開，她對嫂嫂說：

「我願意留下來，是為了要報答嫂嫂對我的照顧，同時也幫甘家避免土匪的災禍。如今哥哥大約快到家，所以我必須離開，以後有機會的話，我會回來探望嫂嫂的。」

嫂嫂一聽，很擔心地問：

「妳哥哥是不是會平安回來呢？」

阿英回答說：

「哥哥在半路上是會有一點災難，但妳放心，因為哥哥曾救過我表姊一次，我表姊會暗中保護他的。」

嫂嫂為了多和阿英相聚，又硬留阿英過一夜，第二天早上才讓阿英離開。

另一方面，甘玉在廣東聽見家鄉有土匪，就馬上趕回來，不料在回家途中，他自己也碰到土匪！

甘玉只好躲進草叢中，就在土匪到處搜查時，一隻九官鳥突然飛來，用翅膀遮住甘玉的身子。這時，甘玉發現這隻九官鳥右腳缺少一個拇趾！而土匪在搜查草叢時，以為有鳥的草叢中是不會藏人的，所以甘玉逃過土匪的搜索。

甘玉回到家，將途中發生事情的經過說了一遍，大家才知道原來那隻九官鳥就是甘玉曾解救的秦姑娘。

從此以後，衹要甘玉外出，阿英就回來陪嫂嫂。甘

九官鳥：鳥名，又叫「秦吉了」，外形像鸜鵒，全身黑色，兩眼後有肉冠，能模仿人說話。

玉很想再和阿英見面，就拜託嫂嫂向阿英說明自己的心意，但阿英總是沒答應。

有天，甘玉又出遠門去，甘玉想念阿英，就偷偷躲在嫂嫂房間裡。果然，阿英又回來了，甘玉從暗處跳出來，拉住阿英的手不放，阿英說：

「我和你的緣份已盡，不能再生活在一起；如果勉強相聚，恐怕就會有災難。不如保留機會，我會回來看你的。」

可是，甘玉還是不讓阿英走，硬把她留了一夜。

第二天，嫂嫂一看到阿英，很訝異地問：

「昨天怎沒看到妳？」

「很抱歉，我被土匪搶去了，現在才回來。」阿英隨口編個理由，「我得趕快離開，否則就回不去了。」

就在阿英離開不久，嫂嫂忽然看到一隻貓，牠嘴中叼著一隻鸚鵡！這一看，嫂嫂不禁大驚失色，因為那隻鸚鵡就是阿英的原形啊！

嫂嫂立刻大叫，叫家人把貓追下，救回那隻鸚鵡！可是，這隻鸚鵡的左邊翅膀已流下血來。嫂嫂趕緊把牠放在膝蓋上，慢慢為牠急救，好一會，牠才活了過來。

沒多久，鸚鵡用嘴整理一下自己的羽毛，慢慢飛起來。牠在屋子裡盤旋，一邊飛一邊說：

「我很感激嫂嫂的救命之恩，我們永別了！但是，我卻怨恨甘玉硬是把我留下來……」

鸚鵡說著，就飛出屋子消逝了。從此以後，阿英再也沒有回到甘家來。

鄒平：縣名，在山東省中部章邱縣東北，鄰近膠濟鐵路，以產草帽辮著名。

韃靼鴿子

（改寫自卷六「鴿異」）

鴿子的種類很多，一般人不會特意辨別；而山東省鄒平縣一個叫張幼量的人，就對鴿子很有研究。

張幼量不但對各種鴿子很內行，對養鴿子也很有心得，他還寫了養鴿子的專書。平時，張幼量在家裡也飼養許許多多各種名貴的鴿子。

他飼養鴿子的方法和別人不同，尤其是張幼量對待鴿子就如同對待自己的子女一樣；在冬天時，他幫鴿子鋪上上等的藥草，在炎熱的夏天又餵鴿子鹽粒來消暑。

因此，張幼量所養的鴿子都很健康，祇不過，如果廣陵：地名，也就是著名的「揚州」，故城在現代江蘇省江都縣東北。

鴿子的睡眠時間太長，牠們就會得到麻痺症死亡。

有一天，張幼量從江蘇省的廣陵縣以很高的價錢，買了一隻很名貴的鴿子回來。這隻名鴿的體型很小，牠非常喜歡打著轉走，如果將牠放在地上，牠會不停地繞著圓圈走個不停，一直轉到死為止，因此必須有人趕忙將牠抓起來才可以。假使在夜裡，把牠和其他的鴿子放在一起的話，牠就會把其他的鴿子吵醒，使牠們不會因為睡過頭而得到麻痺症死亡，所以人們就叫這種鴿子是「夜遊」。正因為如此，許多養鴿人家，都知道張幼量養了一隻「夜遊」的鴿子。

有一天的晚上，當張幼量獨自一個人坐在書房看書的時候，忽然有個穿白衣的年輕人來敲門。

張幼量開門一看，這白衣年輕人並不認識啊！

同好：有相同愛好的人。

「請問，您是不是張幼量張公子？」白衣年輕人問。

「我就是，你是……」張幼量打量這白衣年輕人一眼，接著說：「你找我有事？你貴姓大名？」

白衣年輕人回答說：

「張公子，我是一個四處為家的流浪漢，所以根本沒取名字的必要。我知道您是養鴿子的專家，並且養了許多難得的珍貴鴿子，所以就特地來拜訪您。」

「你也養鴿子嗎？」張幼量一聽，既是同好，他也很高興。

「我平日也喜歡養鴿子，」白衣年輕人說，「我可以參觀您所養的鴿子嗎？」

張幼量當然很樂意地答應了，便帶這位白衣年輕人走進屋子，還把自己所養的各種名鴿一一地捧出來給白五花八門：原是古代兵法的陣名：五花，指五行陣；八門，是八門陣。後來用來比喻事物繁複，變化多端。

衣年輕人看。

張幼量所養的鴿子真是五花八門，而且十分美麗。

白衣年輕人看了之後，就微笑地說：

「果然張公子養鴿子的名氣不是平白得來的，也祇有您才是真正的養鴿專家啊！」

張幼量一聽，連說：「那裡，那裡。」

白衣年輕人這時又說：

「我養的鴿子，不知道張公子願不願來參觀參觀？」

張幼量一口答應，便和白衣年輕人一起走出家門。

這天晚上有朦朧的月光，野外是一片寂靜，張幼量越走越覺得有點害怕起來。

這時，白衣年輕人用手往前一指，說：

「你不必急，我家就在前面不遠，馬上就到了。」

兩個人又往前走了一段路，終於來到一座祇有兩間房子的道教寺院前。

白衣年輕人拉著張幼量，領他走入房子裡，可是房子裡一片漆黑，沒有點燈。

這時候，白衣年輕人便走到院子裡，模擬鴿子的叫聲，呼喚了幾聲。

說也奇怪，轉眼間就有兩隻鴿子飛來。這兩隻鴿子外形和一般的鴿子並沒兩樣，羽毛是純白色的。牠們一飛到屋簷的高度時，就一邊叫一邊打鬥！牠們彼此打鬥時，就翻一個觔斗。白衣年輕人用手打一個信號，這兩隻鴿子就飛走了。

過一會兒，白衣年輕人又用嘴發出信號，又有另外的兩隻鴿子飛來。其中一隻像鴨子一般大，而小的那隻祇有拳頭大小，牠們都飛落在台階上，立即學著鶴的舞姿跳起舞來。

大鴿子伸長牠的脖子時，就把翅膀展開像屏風一樣大，邊跳著舞又邊叫著，好像在指揮小鴿子；而小鴿子一聽，也飛上飛下地歌唱跳舞，甚至還飛到大鴿子的頭頂上，牠的翅膀輕飄飄的，如同燕子落在草葉上一樣，不過牠的聲音急促而嘹亮。

這時，大鴿子伸長脖子一動也不動，又不停地用急促的聲調在啼叫，牠的聲音就如同美妙的歌曲似的。尤其是當這兩隻鴿子的歌聲一搭配起來時，更會有一種奇妙悅耳的聲音，使人聽了很舒服。

張幼量在旁看得目瞪口呆，不覺感嘆地說：

「我所養的鴿子，沒有一隻比得上啊！」

最後，張幼量臨走時，對白衣年輕人說：
「你能把牠們賣給我嗎？我可以出很高的價錢！」
可是，白衣年輕人回答說：
「對不起，我不能把鴿子賣給你。」
張幼量一聽，心裡好失望，但他還是百般地懇求，最後白衣年輕人祇好勉強答應。
白衣年輕人又發出信號，召來另外兩隻白鴿。
「張公子，如果你要的話，就把這兩隻韃靼鴿子拿去吧。」白衣年輕人說道。
張幼量接來一看，他呆住了！
因為在月光的照耀下，這兩隻白鴿的眼睛會發出琥珀色的光彩，如水晶那麼明亮，在眼球中還能見到胡椒粒大小的瞳子。當牠們展開翅膀時，肋骨上的肉也彷彿

琥珀：礦物名。松柏樹脂的化石，成非晶質的塊狀或小碎石形狀，蠟黃或赤褐色，礦體有的透明有的就不透明，質地硬而脆，可以製成飾物、香料等。
瞳子：瞳孔、眼珠子。

水晶般透明，幾乎可以從外面看到牠們身子裡的內臟哩！

張幼量心想：

「這真是稀有的鴿子啊！」

因此，張幼量就對白衣年輕人說，他還想再多買幾隻回去。不過，白衣年輕人回答說：

「還有兩種鴿子沒給你看；你那麼貪心，現在我不敢再給你看啦！」

就在他們互相堅持，正在討價還價時，張幼量的家人已經拿著火把找來了。

張幼量回頭看了看，再轉過頭來看白衣年輕人時，這個白衣年輕人突然變成一隻大白鴿，飛向天空去了。

張幼量心裡實在很吃驚，再仔細看看四周環境，發現這並不是一座道教的寺院，而是一座墳墓，墓旁種了兩株柏樹。張幼量望一望柏樹，便抱著鴿子和家人一起回去。

回到家後，張幼量先讓這兩隻水晶般的鴿子試飛，牠們很快的就熟習環境。由於這兩隻鴿子實在太珍貴，而且是張幼量從來沒見過的，所以他特別小心的照顧牠們。

經過兩年以後，這一對水晶鴿子生下三隻小鴿子。

張幼量的親戚朋友一看，都爭先恐後地想出高價來買這三隻小鴿子，張幼量都一一婉拒了。其中有一個人叫李雲，他在朝廷中當大官，而且是張幼量父親的好朋友，他特地來問張幼量：

「你養了多少鴿子啊？」

張幼量一聽，祇好含糊的應答幾句。他想，李雲一定是來向他要鴿子的。

張幼量前思後想：李雲是一位很喜歡鴿子的人，總不能送他普通鴿子；可是要把心愛的鴿子送給別人，實在很捨不得。經過再三考慮後，便挑了一隻水晶鴿子，將牠裝在鳥籠中送到李雲家。

張幼量心想：

「這可是比千金的禮物還要貴重哩！」

有一天，張幼量碰見李雲，就顯出很得意的神情，好像在問：

「您對我送的那隻鴿子還滿意吧？」

但是，李雲一句話也沒說。

最後，張幼量實在忍不住，就問：

「我送您的那隻鴿子怎麼樣？」

李雲祇回答一句：

「肉很肥。」

張幼量一聽，不禁吃驚地問：

「您的意思是，你把牠吃了？」

李雲淡淡地回答：

「嗯！」

張幼量這時真的氣壞了，他用很懊惱的口氣說：

「您要知道，牠可不是隻普普通通的鴿子啊！牠叫『鞑靼』，是世界上很稀有的名鴿哩！」

而李雲祇是想了想才說：

「可是牠的味道並不怎樣嘛！」

於是，張幼量非常痛心地回家。

就在當天夜裡，白衣年輕人出現在張幼量的夢裡，他說：

「我看你張公子是一位養鴿專家，把鴿子當成自己的子女一樣愛護，所以我才把我的孩子送兩個給你。沒想到你竟為了討好別人，就把我的孩子送人，還讓人把我的孩子殺了吃了。現在我要把我的孩子帶走！」

白衣年輕人說完，便變成一隻大白鴿展翅飛走。張幼量從夢中驚醒，趕快跑進鴿舍一瞧，他的心也往下沉！

因為，他所養的白鴿全都消失不見！在極度失望和傷心下，張幼量落淚大哭一場，接著便把他原先所養的其他鴿子全部分送給親友。

耿十八魂遊記

（改寫自卷二「耿十八」）

有個叫耿十八的人，他得了重病，看過醫生又吃一大堆藥，病還是一天天嚴重，他知道沒有希望復原了。

有一天，他感覺到自己的死期已近，所以把太太叫到床邊來，用很嚴肅的口氣說：

「我這次得這樣重的病，看樣子是再也活不成了。唉！不過有一件事，我一定非知道不可；所以，我希望在斷氣以前，親自問妳，妳一定要很誠實的回答我的問題。等我死後，妳有什麼打算？是再嫁？還是守寡呢？

妳可以選擇再嫁或守寡，但是妳一定要老老實實的告訴我，我死了才會安心。」

他太太說：

「這問題實在太突然，你叫我如何回答呢？這樣好嗎？我叫醫生來看病，說不定你還有救呢！」

耿十八阻止她：

「妳不必叫醫生來看病，我知道我快死了。」

他太太一時也沒話可說。

耿十八又問：

「妳老實說，妳是要守寡，還是會再嫁？」

他的太太說：

「你這樣逼問我，我怎能回答？」

耿十八不肯放過她：

「我想，妳現在想再嫁的話，是不太容易，而且別人也會說閒話；如果妳願意守寡，我會很高興……」

他的太太想了一會說：

「你也知道的，我們家這麼窮，你平日那麼賣命工作，至今仍是如此貧困，如果你死了，我又如何把這個家撐下去呢？所以我想來想去，恐怕我會再嫁……」

她的話還沒說完，耿十八馬上臉色一變，大叫一聲：

「妳怎麼可以這麼做！」

耿十八這一叫，把家人都叫來了！

耿十八覺得一陣頭昏，他再定神一看，發現自己竟然站在庭院裡。

然後，耿十八又聽見外頭傳來一陣鬧烘烘的聲音，因此，他不知不覺地就往外走。走到外面一看，原來有好多輛馬車從他眼前走過去，每一輛馬車前面都貼著一張紙，上面寫著名字，車上都坐著十幾個人。

其中有一輛駛到耿十八面前停下來，駕馬車的人用馬鞭指著他說：

「咦，你怎麼還呆呆地站在這裡，快上車啊！你上車後，正好湊滿十個人。」

耿十八望一望對方：

「你叫我上車？」

然後他又看看馬車上的名單，最後一個果然是他的名字，他心想：這可奇怪，馬車上有自己的名字，我怎會不知道呢？

結果，耿十八就迷迷糊糊地上車。於是，馬車向前奔跑而去。

這到底是怎麼一回事？耿十八覺得自己好像被什麼東西迷住。在馬車上的其他九個人，臉色都很蒼白，默默不響地坐在一邊。

耿十八向他們問事情，也沒有人回答。耿十八越想越感到迷惑。

接著，馬車突然停下。

「我好想家呀！」

這時有人在唉聲嘆氣。耿十八向外探一探頭，發現馬車所停的地方，是他不曾到過的。

然後，耿十八聽見駕馬車的人在說話。

「唉，我早上就接了三趟。」

「死人越來越多，真會忙死人的哪！」

「今天死的人特別多，奈何川的船恐怕一時也載不

奈何川：傳說中地獄裡的河名，由血水匯集而成，非常腥臭骯髒，又叫「奈河」。

完的啦！」

耿十八聽這些駕車人所說的，顯然這是在陰間了。「原來我也是個死人，」耿十八這時恍然大悟，「原來這駕馬車的人是鬼卒，馬車上的人都是死人。唉，既然都已經來到這裡，我傷心又有什麼用呢？祇是，可憐的家人不知現在怎麼了……」

然後，耿十八又想起不久前他太太所說的話，她居然還要再嫁……唉，如果她再嫁人的話，那家裡就祇剩母親，母親年紀那麼大，以後她孤零零地一個人怎麼過活呢？

耿十八越想越傷心，不覺掉下眼淚。

這時，馬車又開始往前走。過了一會兒，馬車在一座數十公尺高的台前停下。耿十八仔細一瞧，看見許多死人都爭先恐後地想爬上高台去。

「沒錯，這就是陰間的望鄉台了，祇要爬上去，就能見到故鄉和家人。」耿十八想著。

此刻，坐在耿十八身邊的死人，都悲傷地哭起來；當馬車從望鄉台走過時，大家都想跳下去，爬到台上去眺望。可是，鬼卒揮動竹鞭對著死人就打，獨獨對耿十八很客氣地說：

「你趕快去看看你的故鄉吧。」

耿十八一聽，非常高興，立刻一口氣爬上望鄉台。他果然見到了故鄉。

但是，站在望鄉台上的死人，是不能在上面耽擱太久的，所以有人在高台上一見到自己的故鄉，就忍不住哭起來。

望鄉台：古時，軍人若被派到邊塞守衛，總是一去好幾年不能回家，當他們想家的時候，就會爬到較高的地點來眺望家鄉，這些高地就被稱做「望鄉台」。自從佛教的地獄傳說流行後，人們認為陰間也有個望鄉台，鬼魂站在台上，就可以看見陽世家中的情狀。

這時，耿十八覺得有人拍著他的後背。他以為是鬼卒叫他回去，所以驚慌地回頭一看，原來是一個木匠。

「你是耿十八嗎？」那木匠問。

耿十八點點頭。

「你為何哭呢？」木匠又問。

「我告訴你好了：我祇有一個年老的母親，可是我太太說，我死後她要再嫁……我不知道母親一個人以後該怎麼過活，所以……」

「原來是這樣啊！」木匠又說，「那你為什麼不逃走呢？我們一塊逃走吧！」

耿十八說：

「這裡是陰間哩，怎麼逃？」

木匠接著說：

「你不要怕，跟我一起跳下望鄉台吧！你如果跟我一起逃的話，是不會被抓回來的。」

「可是，」耿十八說，「從這麼高的望鄉台上跳下去？」

木匠這時說：

「我來不及詳細告訴你，反正跟著我跳就行了！」

說完，木匠一拉耿十八，就往望鄉台下跳下去。

耿十八祇覺得眼前一黑，再睜開眼時，人已經踩在泥土地上！他不覺呆住了。

「喂，你還不快逃啊！」木匠對他大叫，「這地方還是陰間裡，而且有鬼卒在巡邏，快逃呀！」

於是，耿十八和木匠就往外跑去，這時正好看到鬼卒到處尋找走下車的死人。所以，他們就回到馬車邊。

「如果這名單上的名字不塗掉的話，恐怕鬼卒還是會追上我們的。」木匠很精明地說。

耿十八一聽，就和木匠用口水把名單上自己的名字塗掉。

接下來，他們就拚命地往前跑！可是，到底要跑到哪裡去呢？耿十八有點迷糊了。

「喂，我們到了！」

這時木匠高興地大叫。原來他們已經跑到陰間和陽世交界的地方，木匠趕快叫停。

「這不是通往故鄉的入口嗎？」

「到了，到了！我們終於逃離陰間啦！」耿十八激動地大叫。

他高興得眼淚都快掉下來，因為他很快就可以見到母親。而木匠也很親切地把耿十八送回到家門口。

可是，當耿十八一進門時，忽然他踩到一具屍體！耿十八低頭一看，啊，這不是自己的屍體嗎？然後，他忍不住地大叫起來：

「這不就是我嗎？」

這一叫，耿十八就醒了，他睜眼一看，自己原來好端端地躺在床上。

他這時又覺得腳底癢癢的，而且喉嚨發乾。

「我要喝水！快呀，給我水喝。」

當耿十八一叫出聲來時，站在他床邊的太太，忍不住嚇一大跳：

「啊，你活過來了！」

說完，她很快地衝出去，端了一盆水又衝回房裡；

耿十八一接到水，便咕嚕咕嚕把一盆水都喝光。

「啊，真叫人高興啊，我終於逃走了！」

耿十八一面自言自語，一邊站起來。一會兒，他又走到門外去看一看，還一再鞠躬，接著又回到床上，呼呼大睡起來。

兒子能死去又復活，最高興的當然是耿十八的老母親。耿十八的太太卻覺得奇怪，耿十八明明死了，為什麼會復活呢？於是，耿十八的太太等他醒過來，就追問一切的經過。

耿十八把自己在陰間所見到的，所聽到的，都詳詳細細講一遍，聽得大家都說不出話來。

「你醒來後，為什麼又跑到門外去張望，還一直地鞠躬呢？」他太太過了好久才回過神來，並問，「你是不是在害怕什麼啊？」

耿十八說：

「這你們就不知道囉，幸好是有一位木匠救了我，否則我就沒法復活，而且他還送我到家門口。」

「你，你剛才整整喝了一盆水呢！」太太又說。

耿十八回答：

「這也沒什麼啊，開始的兩三口是我喝的，其餘的都是木匠喝的！」

他說著說著，好像真的一樣。

耿十八在床上休息了四、五天後，身體就逐漸恢復健康。

但是，耿十八從此以後卻變得悶悶不樂，也不願再和他太太睡在一起，不知道是什麼原因哩。

中國古典名著少年版③

聊齋志異

1990年3月初版　　定價：新臺幣270元
2003年4月初版第六刷
2019年11月二版

原著者　蒲松齡
改寫者　陳煌
插畫者　曹俊彥
叢書主編　黃惠鈴
編輯主任　陳逸華

出版者　聯經出版事業股份有限公司
地址　新北市汐止區大同路一段369號1樓
編輯部地址　新北市汐止區大同路一段369號1樓
叢書主編電話　(02)86925588轉5312
台北聯經書房　台北市新生南路三段94號
電話　(02)23620308
台中分公司　台中市北區崇德路一段198號
暨門市電話　(04)22312023
台中電子信箱　e-mail：linking2@ms42.hinet.net
郵政劃撥帳戶第0100559-3號
郵撥電話　(02)23620308
印刷者　世和印製企業有限公司
總經銷　聯合發行股份有限公司
發行所　新北市新店區寶橋路235巷6弄6號2F
電話　(02)29178022

總編輯　胡金倫
總經理　陳芝宇
社長　羅國俊
發行人　林載爵

行政院新聞局出版事業登記證局版臺業字第0130號

本書如有缺頁，破損，倒裝請寄回台北聯經書房更換。　ISBN 978-957-08-5411-4 (平裝)
聯經網址 http://www.linkingbooks.com.tw
電子信箱 e-mail:linking@udngroup.com

國家圖書館出版品預行編目資料

聊齋志異 / 蒲松齡原著；陳煌改寫．
二版．新北市．聯經．2019.11
318面；14.8×21公分．(中國古典名著少年版；3)
ISBN 978-957-08-5411-4(平裝)
[2019年11月二版]

857.27 108016937